Das Mädchen mit dem Hut

böhlau

Otto Hans Ressler

DAS MÄDCHEN MIT DEM HUT

Die wahre Geschichte eines fiktiven Bildes

Mit Illustrationen von Ursula Wimmesberger

Böhlau Verlag Wien · Köln · Weimar

Bibliografische Information der Deutschen Nationalbibliothek:

Die Deutsche Nationalbibliothek verzeichnet diese Publikation in der Deutschen Nationalbibliografie; detaillierte bibliografische Daten sind im Internet über http://dnb.d-nb.de abrufbar.

ISBN 978-3-205-78508-8

http://www.boehlau.at
http://www.boehlau.de

Gedruckt auf umweltfreundlichem, chlor- und säurefrei gebleichtem Papier.

Druck: fgb – freiburger graphische betriebe, 79121 Freiburg im Breisgau

INHALT

DAS MÄDCHEN

Über dem Raum lag ein feiner, leichter Schatten. Das Mädchen konnte ihn sich nicht erklären. Zuerst hatte es angenommen, es unterliege einer optischen Täuschung. Es war davon ausgegangen, seine von der kalten Luft und dem stürmischen Wind tränenden Augen irritierten es. Aber mittlerweile hatten sich seine Augen an die neue Umgebung gewöhnt. Die Schatten waren allerdings noch immer da; wie ein Nebel. Wie ein Nebel, der alles zu überziehen schien, über die Wände und Möbel waberte, fein und leicht.

Das Mädchen hatte ein Zimmer wie dieses noch nie gesehen. Es befanden sich nur schwarze und weiße Gegenstände darin. Und die Schatten, die behäbig auf und ab mäanderten und ein leichtes Schwindelgefühl verursachten. Ein leichtes Ziehen im Bauch. Eine fast unmerkliche Bewegung des Bodens, auf dem man stand. Etwas, das einen dazu brachte, die Hände seitlich wegzustrecken und seiner Standfestigkeit nicht mehr gewiss zu sein. Das Mädchen hatte so ein Zimmer noch nie gesehen.

Es gab einen schwarzen Kasten, einen schwarzen Tisch, schwarze Stühle, schwarze Vorhänge. Schwarze Seidendecken, schwarze Polster. Einen gläsernen, schwarzen Aschenbecher. Schwarz gebundene Bücher. Schwarze Vasen auf einer schwarzen Etagere. Die Wände waren kalkweiß gestrichen. Darauf hingen in kleinen Gruppen japanische Schablonenschnitte. Sogar die Tür- und Fensterrahmen waren schwarz. Inmitten dieser stringenten Anordnung schwarzer Gegenstände vor weißen Wänden stand der Maler. Er trug einen weißen, kuttenartigen Malkittel. Er wirkte jünger, als das Mädchen ihn in Erinnerung hatte. Er stand vor einer schwarzen

Staffelei. Darauf befand sich eine große, weiße, gespannte Leinwand, die der Maler bemalte.

Der Maler hieß Egon Schiele. Das Mädchen hieß Julia Mrkvicka. Julias Eltern stammten aus Brünn. Sie waren im letzten Jahr des 19. Jahrhunderts nach Wien gekommen, auf der Suche nach Arbeit. Bald danach war Julia geboren und in der Pfarrkirche „Maria vom Siege" in Fünfhaus getauft worden. Ihre Mutter war sehr fromm. Ihr Vater war Sozialdemokrat. Zeit seines Lebens hatte er nie auch nur einen Fuß in eine Kirche gesetzt.

Als Julia noch ein Kind gewesen war, hatten die anderen Kinder hinter ihr hergerufen: „Dein Vater ist ein roter Hund!" Sie hatte ihre Mutter gefragt, was das zu bedeuten habe; ihr Vater sei ja weder ein Hund noch rot. Die Mutter hatte geantwortet, ihr Vater möge die reichen Leute nicht. Aber, hatte sie gesagt, wenn es die reichen Leute nicht gäbe, hätten die Armen nichts zu essen. Ihr Vater erklärte es ihr später genau umgekehrt: Wenn die armen Leute nicht wären, dann hätten die Reichen nichts zu essen.

Die Familie war arm. Es gab sechs Kinder zu verköstigen, von denen zwei allerdings bald gestorben waren. Als Julia vierzehn Jahre alt war, fiel ihr Vater im Krieg. Als sie fünfzehn Jahre alt war, ging ihre Mutter elend zugrunde. Beim Begräbnis hörte Julia ein paar Frauen darüber reden, ihre Mutter sei bei der Engelmacherin gewesen. Niemand war bereit, Julia zu erklären, was das bedeute, zur Engelmacherin zu gehen. Also hatte sie es wörtlich genommen. Sie hatte sich vorgestellt, die Engelmacherin habe aus ihrer Mutter einen Engel gemacht.

Die Familie wohnte in Simmering, in der Lorygasse. Die Wohnung bestand aus einem Zimmer, der Küche und einem kleinen Kabinett. In der Wohnung gab es noch zwei Bettgeher, Arbeitskollegen ihres Vaters. Für eine Krone arbeitete die Mutter in den Waschküchen der reichen Leute einen ganzen Tag lang. Für eine Krone erhielt man damals zwei Laibe Brot. Einmal im Jahr kam die Großmutter zu Besuch. Sie ging zu Fuß von Brünn nach Wien, immer den Geleisen nach. Sie kam gar nicht auf die Idee, mit der

Bahn zu fahren, denn das wäre ein unerschwinglicher Luxus gewesen. Am Rücken trug die Großmutter ein Tuch, das voll war mit Buchteln. Wenn die Großmutter kam, war das wie Weihnachten.

Die Kinder blieben nach der Schule sich selbst überlassen. Die Mutter brach in der Früh auf, um bei den reichen Leuten zu putzen und zu waschen. Der Vater war Eisengießer. Er kam immer erst spätabends nach Hause. Im Herdrohr stand ein Topf Malzkaffee. Für jeden gab es ein Stück Brot, das war das Essen für den ganzen Tag. Am Abend erwarteten die Kinder die Mutter bei der Straßenbahnstation. Anschließend gab es Suppe.

In der Familie wurde nur Tschechisch gesprochen; der Vater schaffte es zeitlebens nie, gut genug Deutsch zu lernen. Zu den Versammlungen der tschechischen Sozialdemokraten im Wirtshaus Schwagerka in Simmering nahm er die kleine Julia, seine Älteste, mit. Auch wenn auf dem Zentralfriedhof beim Obelisken der Revolution von 1848 gegen die Habsburgerherrschaft gedacht wurde, war Julia dabei.

Das Mädchen lernte leicht. Es wäre gern Lehrerin geworden. Aber das war natürlich unmöglich. Es hätte viel zu viel Geld gekostet. Nach dem Tod der Eltern kümmerte sich eine Tante, eine Schwester der Mutter, um die Kleinen. Aber im Grunde war es Julia, die für ihre Geschwister sorgte. Sie war noch keine sechzehn Jahre alt, als sie Arbeit in einer Fabrik bekam. Der Betrieb stand unter kriegswirtschaftlichem Ermächtigungsgesetz. Er erzeugte Kabel, eine schwere und auch gefährliche Arbeit. Der Draht befand sich auf großen Trommeln. Mit dem Fuß setzte Julia die Maschine in Betrieb. Mit den Händen führte sie das Kabel durch ein Messgerät. Das machte sie Schicht für Schicht, stundenlang.

Julia arbeitete nachts. Ihre Schicht begann um sieben Uhr abends und war um sieben Uhr früh zu Ende. Es kam vor, dass sie auch die anschließende Tagschicht übernahm, weil die Ablöse nicht gekommen war. Es kam vor, dass sie auch noch die nächste Nachtschicht übernehmen musste. Aber sie beschwerte sich nie. Im Gegenteil: Sie war glücklich. Sie wusste, dass sie auf diese Weise mehr verdienen würde. Dass sie Geld nach Hause brachte, erfüllte sie mit Stolz.

In der Kabelfabrik arbeitete sie auch noch, als der Maler sie ansprach und überredete, sich von ihm porträtieren zu lassen. Davon erzählte sie keinem Menschen. Sie hätte es nicht erklären können. Sie hätte nicht sagen können, warum sie sich darauf eingelassen hatte, dass ein Wildfremder sie malte. Sie schämte sich. Aber gleichzeitig fühlte sie sich auch lebendig und stark. Dass sie es gewagt hatte, zeigte ihr, dass sie alles erreichen konnte, was sie sich vornahm.

Vor dem Besuch im Atelier hatte Julia sich gefürchtet. Der Künstler hatte sie oben in dem kleinen Park in Steinhof angesprochen. Sie war an diesem strahlend blauen Spätwintertag spazieren gegangen und hatte ihn beobachtet, wie er trotz der Kälte auf einer Bank saß und zeichnete. Er war aufgestanden, hatte mit ihr geredet, hatte ihr erklärt, was er tun wolle. Aber sie hatte sich später nicht mehr an die Worte erinnern können. Sie hatte nur gespürt, dass ihr Gesicht brannte vor Scham.

Sie war nicht in der Lage gewesen zuzuhören. Also hatte sie nur genickt, damit er sie endlich gehen ließe, und am Ende hatte er ihr eine kleine weiße Karte gegeben, auf der sein Name gedruckt war und seine Adresse. Mit seinem Bleistift hatte er den Tag und die Stunde notiert. Er hatte ihr auch die Zeichnung gegeben, die er von ihr gemacht hatte. Sie war davongestürmt, ohne sich umzudrehen. Die Zeichnung hatte sie zerrissen und weggeworfen. Julia hätte keinen Platz gewusst, an dem sie sie hätte verstecken können.

Tagelang hatte sie sich zu beruhigen versucht, indem sie sich sagte, sie würde ohnedies nicht hingehen. Aber sie hatte es versprochen. Sie hatte die Zeichnung genommen. Sie machte sich Vorwürfe, dass sie es so weit hatte kommen lassen. Wenn sie den Maler nicht angesehen hätte, wie er da zeichnend auf der Parkbank saß, hätte er sie nicht einmal bemerkt. Wieder und wieder betrachtete sie die kleine Karte, die sie in ihrem Kittel verbarg. Diese Karte, die in ihrer Tasche brannte und schrie, als solle jeder, der ihr begegnete, davon erfahren.

Den Namen des Malers hatte sie schon einmal gehört. Sie wusste nicht mehr, wo. Jemand hatte über ihn gesprochen. Nichts Gutes. Sie hätte sich gerne besser erinnert. Sie hätte gerne gefragt. Aber das war unmöglich. Sie konnte niemanden fragen. Wenn sie fragte, wäre sie verloren. Wenn sie fragte, würde sie sich verraten.

Und deshalb war sie jetzt hier. Mit klopfendem Herzen. Ihre Tasche hielt sie fest an ihren Körper gepresst. Sie war zwischen einer Gruppe entlaubter, sich im Sturm biegender Bäume auf das kleine Haus in der Hietzinger Hauptstraße zugegangen. Sie trug den Hut und den Mantel ihrer Mutter. Sie klopfte. Sie wartete. Es war einer dieser dämmrigen Wintertage, aus denen sich die Finsternis nie ganz verdrängen ließ. Sie erinnerte sich, wie still es plötzlich gewesen war. Der Wind schien angespannt zu warten, was als Nächstes geschähe. An manchen Tagen, ehe Schnee fiel, war es so still.

Aber es schneite nicht, damals.

Der Maler selbst öffnete ihr. Julia hatte ihn schon gehört, wie er langsam, mit schweren Tritten, näher gekommen war. Sie vermied es, ihn anzusehen. Aber ihr fiel auf, wie tief seine Augen in den Höhlen lagen. Wie blass er war. Wie starr sein Gesicht. Wenn sich die schweren Lider hoben, schien sein Blick durch sie hindurchzugehen. So, als sähe er etwas ganz Anderes; etwas, das sich tief in seine Gedanken eingegraben hatte.

Es war dieser Blick, der ihr von einem Augenblick zum anderen die Angst nahm. Schließlich war es ganz einfach. Er wolle sie so malen, wie sie war, sagte der Maler: mit Hut, im Mantel. Er schlug ihr vor, sie solle sich auf den Stuhl in die Mitte des Zimmers setzen, er würde ihr dann schon sagen, was er geändert haben wolle. Also setzte sie sich auf den Stuhl, ganz vorne an der Kante; mit dem Hut, den ihre Mutter immer nur zum Kirchgang aufgesetzt hatte oder wenn sie jemanden besuchen wollte; mit dem Mantel, den sie immer getragen hatte, egal ob sie zur Arbeit ging oder zur Kirche; es war ihr einziger Mantel gewesen.

Julia hielt die Arme angewinkelt. Ihre Hände umklammerten die kleine Handtasche. Auch diese Handtasche hatte ihrer Mutter gehört. Sie war Teil der besonderen Ausstattung, die unter der Woche geschont werden musste. Julia hätte sie niemals zur Arbeit genommen. Sie bewegte sich nicht. Sie hatte ihre Angst verloren, aber nicht ihre Scheu. Sie blickte starr geradeaus. Die Stille im Zimmer wurde nur unterbrochen vom hörbaren Atmen des Malers, der Farben anmachte und auftrug.

Julia hatte befürchtet, Schiele würde verlangen, dass sie sich vor ihm auszog. Sie hatte befürchtet, dass sie vor ihm posieren müsse. Sie hatte gehört, dass er seine Modelle arrangiere. Dass er sie seinem Blick unterwerfe. Dass er sie zwinge, sich akrobatisch zu verbiegen und zur Schau zu stellen. Sie hatte sich gefürchtet, sich entblößen, seinen Augen ausliefern zu müssen. Aber jetzt war es wie in einem Spiel, das sie als Kind gerne gespielt hatte. Sie stellte sich vor, unsichtbar zu sein. Wenn sie unsichtbar war, konnte sie alles sehen und hören, aber nichts konnte ihr etwas anhaben.

Zuweilen sagte Schiele etwas. Sie solle so bleiben. Sie möge den Kopf heben oder neigen. Sie hörte es kaum, weil sie weit fort war. In ihrem Kopf waren ganz andere Geräusche. Sie hörte Stiefel im Gleichschritt und ganz, ganz fern Marschmusik. Sie hörte Menschen, rufende, jubelnde Menschen. Sie spürte sogar die Berührungen; es herrschte ein großes Gedränge. Aber wie viele Leute auch um sie waren, sie ließ sich nicht ablenken. Sie musste aufpassen. Denn wenn ihr Vater vorbeikäme, wollte sie ihm zurufen. Sie wollte ihm zujubeln. Sie wollte ihm zeigen, dass sie den weiten Weg von Simmering bis zur Ringstraße ganz allein geschafft hatte. Dass sie den Weg ganz allein auf sich genommen hatte, um ihn zu sehen.

Darauf musste sie sich konzentrieren. Sie musste aufpassen, dass sie ihren Vater nicht übersah. Denn die Soldaten waren nicht nur gleich gekleidet, sie trugen alle auch den gleichen Ausdruck im Gesicht. Es war ein eigenartiger, befremdlicher Ausdruck: irgendetwas zwischen freudiger Erregung, der Ahnung, bald etwas Ungeheuerliches zu erleben. Und der Angst davor.

Es war Julia nicht gelungen, ihren Vater in den langen Kolonnen zu entdecken. Im Grunde suchte sie sein Gesicht noch immer, wenn sie auf der Straße ging oder sich vor einem Geschäft anstellte. Ihr Vater hatte nie erfahren, dass sie da gewesen war, als er in den Krieg zog. Er würde es auch nie mehr erfahren. Denn schon bald, nachdem er eingerückt war, war ein Telegramm gekommen, in dem stand, er sei gefallen. Und obwohl sie gewusst hatte, was das bedeutete, hatte sie gedacht: Warum ist er nicht wieder aufgestanden? Warum ist er nicht wieder aufgestanden? Er war doch ihr Vater! Ihr Vater, der so stark war, dass er sie hochstemmen konnte, ganz hoch, bis zur Decke. Ihr Vater, der sie, selbst als sie noch ganz klein war, überallhin mitgenommen und auf seine Schultern gehoben hatte, damit sie alles besser sehen konnte. Ihr Vater, mit dem sie immer über alle Dinge sprechen konnte.

Ihr Vater würde nie zurückkehren. Er würde ihr nie mehr sagen können, wie stolz er auf seine Prinzessin sei. Sie sehnte sich danach, auf seinem Schoß zu sitzen, was sie schon seit Jahren nicht mehr getan hatte. Sie sehnte sich, sein Gesicht noch einmal zu sehen. Der Jubel, der bei seinem Aufbruch geherrscht hatte, war längst verstummt. Die freudige Erregung war schon lange in Ernüchterung umgeschlagen. Die Ernüchterung war auf dem besten Weg, Verbitterung zu werden.

Wenn jetzt Rekruten in den Krieg zogen, breitete sich großes Schweigen aus. Alle Geräusche schienen wie verschluckt; die Stimmen, die Wagen, die Tiere, brechende Äste. Wenn jetzt Rekruten in den Krieg zogen, wurde es so still wie an manchen Tagen im Winter, ehe es schneite. Niemand redete mehr darüber, dass der Krieg bald zu Ende sein würde. Es wurde überhaupt wenig geredet. Das Schweigen deckte alles zu. Selbst die Marschmusik, die noch immer spielte, wenn die Soldaten in den Krieg zogen, klang falsch und dünn.

Es war alles noch schlimmer geworden, als der alte Kaiser gestorben war. Solange er gelebt hatte, war noch Hoffnung gewesen; die vage Hoffnung, es könne sich alles noch zum Guten wenden.

Jetzt wurde diese Hoffnung in einem prunkvollen schwarzen Leichenwagen, gezogen von acht Kladruber Rappen, zu Grabe getragen. Julia hatte auch diesmal am Straßenrand gestanden. Fast an derselben Stelle, von der aus sie ihrem Vater hatte zujubeln wollen. Sie hatte sich dabei ertappt, dass sie in den Gesichtern der Menschen am Straßenrand noch immer nach ihm suchte. Sie hatte sich dafür geschämt.

Sie hatte sich auch geschämt, als sie sich vorgestellt hatte, dem Maler Modell zu stehen. Nackt. Schutzlos. Ausgeliefert. Aber es war alles ganz anders gekommen. Der Maler war ganz anders gewesen. Die Leute hielten ihn für verdorben. Sie sagten, er sei lasterhaft. Maßlos. Verrucht. Seine Zeichnungen seien ungeheuerlich. Blasphemisch. Pornografisch. Seine Zeichnungen seien der Beweis seiner Lasterhaftigkeit. Seiner Verderbtheit. Seiner Gottlosigkeit.

Aber Julia war überzeugt, dass Schiele kein Wüstling war. Was ihn antrieb, war nicht Verderbtheit. Es war das Gefühl, ganz allein zu sein. Das Gefühl völliger Isolation. Das Gefühl, niemanden zu haben, der das Gleiche empfand wie man selbst. Dieses Gefühl konnte sie gut verstehen. Es war ihr vertraut. Es war, als würde man ganz langsam den Boden unter den Füßen verlieren. Als würde man über einem Abgrund balancieren und ganz langsam, aber unaufhaltsam aus dem Gleichgewicht geraten. Als müsse man, um nicht abzustürzen, etwas tun, irgendetwas, auch scheinbar unsinnige Dinge; Dinge, die niemand verstand und die man nachher selbst nicht hätte erklären können.

Dieses Gefühl war ihr von Kindheit an vertraut. Sie war sich sicher, dass Egon Schiele es so gut kannte wie sie.

DER MALER

Der Maler stand an der Staffelei und betrachtete das Mädchen. Etwas irritierte ihn. Eine eigentümliche Kälte ging von diesem Mädchen aus. Eine eigentümliche Leere. So als sei es gar nicht wirklich da. So als sei der Platz, den es einnahm, in Wahrheit leer. Es war ein beunruhigender Gedanke. Das Mädchen bewegte sich nicht. Etwas umgab es, das er nicht einordnen konnte. Etwas, das er nicht durchdringen konnte. Die Augen des Mädchens waren offen. Aber es blickte ihn nicht an. Es blickte starr nach innen oder in eine weite Ferne. Der Maler war außerstande zu ergründen, was es sah.

Das Mädchen saß völlig regungslos. Als würde es nicht einmal atmen. Als wäre sein Gesicht in Wachs gegossen. Als wäre sein Blick in Wachs gegossen. Es war ein blasses Gesicht – wie tot. Eine blasse, wächserne Maske. Mit einem Ausdruck völliger Abwesenheit. Entrückt. Erstarrt. Uralt. Tot. Und doch heimlich voll von unerhörtem Leben. Von unerhörter Kraft. Ganz in sich selbst zurückgezogen. Ganz konzentriert. Gänzlich unerreichbar. Der Maler beneidete das Mädchen um diese Fähigkeit.

Das Gesicht des Mädchens war ihm zugewandt, die Augen waren auf einen imaginären Punkt neben ihm fixiert. Der Maler wusste, dass es dort nicht zu sehen gab. Er wusste, dass das Mädchen nichts sah. Nicht ihn. Nichts außerhalb seiner selbst. Und plötzlich wusste er, dass das das wirkliche Wesen dieses Mädchens war: diese völlig in sich selbst zurückgezogene, zusammengeballte Kraft.

Seine Entdeckung überraschte ihn. Er war es gewohnt, etwas zu finden. Er war es gewohnt, etwas aus den Tiefen hervorzuzerren. Zumeist Ängste. Nöte. Ausweglosigkeit. Er ahnte, dass er nicht in der Lage sein würde, bis zum Innern dieses Mädchens vorzudringen. Nicht angesichts dieser Augen. Dieser leeren Augen. Es war

nicht die Leere, die aus Verzweiflung kommt. Aus Hoffnungslosigkeit. Aber Verzweiflung und Hoffnungslosigkeit warteten schon in den Augenwinkeln.

Das Mädchen war jung; sechzehn, schätzte er. Aber der Krieg hatte vieles verändert. Kinder dieses Alters wussten heute schon eine ganze Menge über das Leben. Sie hatten Menschen verloren, die nie wieder kommen würden. Sie hatten Tränen vergossen. Viele Tränen. Sie hatten aufgehört, daran zu glauben, morgen werde alles besser werden. In diesen Tagen wussten Sechzehnjährige, dass nichts besser werden würde.

Der Krieg dauerte jetzt schon bald drei Jahre. Er hätte das Mädchen gerne gefragt, was es sah. Was es in diesem Augenblick sah. Aber er nahm an, dass er keine Antwort erhalten würde. Das Mädchen war zu weit weg. Vielleicht sah es gar nichts.

Schiele konnte sehr charmant sein. Er galt als gewandt im Gespräch. Als jemand, dessen Konversation allgemein geschätzt wurde. Aber im Grunde redete er nicht gern. Er fand, es werde viel zu viel geredet. Sogar die klügsten Reden ergaben wenig Sinn. Sogar die klügsten Reden führten dazu, dass man sich von sich selbst entfernte. Und obwohl er es nie ausgesprochen hätte, war er im Grunde überzeugt, sich von sich selbst zu entfernen sei eine Sünde. Er war überzeugt, man müsse im Gegenteil sich selbst suchen; das sei die eigentliche Aufgabe des Lebens. Und um das zu erreichen, dürfe man nicht nach außen gehen, sondern nach innen. Man müsse in sich selbst schauen. In sich selbst hinabsteigen. Immer tiefer hinein, bis auf den Grund. Bis an den äußersten Rand. Das Mädchen schien das zu wissen. Er hätte es gerne gefragt.

Aber das Mädchen hätte keine Antwort gegeben. Es hätte keine Antwort geben können. Denn die Antwort bestand nicht in Worten, sondern in Versuchen. In Wiederholungen. Es gab keine Worte dafür. Es gab keinen Austausch darüber. Jeder Abstieg war eine Erfahrung für sich allein.

Nicht dass er geglaubt hätte, dies wäre ein wirksamer Schutz. Eine Methode, den Fragen zu entgehen. Den Ansprüchen. Den Forderungen. Geschweige denn der zynischen Brutalität derer, die an ihren Schreibtischen saßen und sich anmaßten, mit einem Federstrich über sein Leben zu bestimmen. Er wusste genau, dass es kein Entrinnen gab. Dass er bisher verschont geblieben war, hatte nichts damit zu tun, dass er tiefer und tiefer hinabsteigen musste. Dass er bisher verschont geblieben war, konnte sich jederzeit ins Gegenteil verkehren. Im Grunde war er immer überzeugt gewesen, dass sie ihn an die Front schicken würden. Im Grunde hatte er immer mit dem Schlimmsten gerechnet. In Grunde rechnete er nach wie vor damit.

Draußen war es diesig und kalt. Obwohl es schon fast Ende Februar war, war vom kommenden Frühling noch nichts zu spüren. Seit Tagen tobte ein Sturm, der nie aufhörte, sondern nur Tag und Nacht an seinen Nerven zerrte. Der Regen, der herniederprasselte, bestand aus Tausenden kleinen, spitzen Eiskristallen, die ihn peinigten, sobald er das Haus verließ. Von Schnee keine Spur. Schnee wäre eine Erlösung gewesen, selbst jetzt noch.

Es war fast so wie in Purgstall und Mühling. Dieser Zeit in Purgstall und Mühling. Diesem Wahnsinn in Purgstall und Mühling, zwischen denen er hin- und hergegangen war, wochenlang, monatelang. Die Felder waren überschwemmt gewesen. Auf den Straßen waren die Fuhrwerke stecken geblieben. Er hatte jeden Tag um sieben Uhr morgens die sechs Kilometer zwischen den beiden Orten zu Fuß zurücklegen müssen. Jeden Tag. Und mittags denselben Weg wieder zurück, für nichts als eine Viertelstunde für ein Mittagessen mit Edith. Dann hatte er gleich wieder zurück müssen und am Abend wieder nach Purgstall. Seine Schuhe, seine Kleidung, alles war durchnässt gewesen. Bis zum nächsten Morgen waren sie kaum je trocken geworden.

Mit dem Fahrrad hatte er wegen des Wetters nicht fahren können. Der Zustand der Straßen hatte das nicht erlaubt. Er hatte kaum noch Geld gehabt. Er hatte nicht malen können. Und was er gemalt hatte, hatte er um lächerliche Beträge verkaufen müssen, um sich und Edith durchzubringen. Er hatte sich nach seinem Atelier in Hietzing gesehnt. Es war ihm wie das Paradies erschienen. Wie eine Erlösung. Er würde sie nie vergessen, diese Tage und Wochen des Nichtstuns. Des Wartens. Des sinnlosen Hin- und Hergehens von Purgstall nach Mühling und wieder zurück.

Immer, wenn es draußen so kalt war wie jetzt, wurde ihm bewusst, wie sehr er von innen her fror. Er lehnte seine Stirn gegen das eisige Fenster. Er spürte, wie die Kälte über sein Gesicht, seine Schultern, seine Hände, seinen Bauch, seine Hoden in ihn hineinströmte. Er spürte, wie sich diese Kälte mit jener vereinigte, die schon vorher in ihm gewesen war. Die Kälte von innen und außen wuchs zusammen, ließ ihn erstarren; jeder Schritt wurde zu einer unwägbaren Anstrengung. Er war sich nicht sicher, ob sich seine Bewegungen noch koordinieren ließen. Seine Hände und Füße waren wie taub, und es grenzte an ein Wunder, dass er damit immer noch gehen, einen Teller Suppe essen oder ein Bild malen konnte.

Seltsamerweise schien niemand zu bemerken, dass er fror. Niemand schien seine eckigen, gepeinigten Bewegungen wahrzunehmen. Es kam vor, dass seine Gesichtszüge nicht mehr imstande waren, ein Lächeln zu fabrizieren oder den Mund zu öffnen und ein Wort zu sagen.

Er kannte diesen Zustand schon lange. Als Kind hatte er ihn „Eis" genannt. Natürlich war er sich im Klaren, dass das ein nur sehr unzureichender Begriff war, wie auch „Kälte" nicht beschrieb, was ihn lähmte. Aber er hatte kein besseres Wort gefunden. Es war auch nicht wichtig. Er behielt für sich, was in solchen Augenblicken mit ihm geschah. Er sprach darüber mit keinem Menschen. Man würde ihn nicht verstehen, und dass man ihn nicht verstünde, würde nicht nur an der Unzulänglichkeit seiner Beschreibung liegen.

Aus Mangel an anderen Begriffen fand er „Eis" noch immer am treffendsten. Es erinnerte ihn an Spaziergänge mit seinem Vater in den Donauauen. Im Winter waren die seichten Wasserarme, die kleinen Lacken und Tümpel gefroren. Die Bäume standen mit hängenden, bereiften Zweigen und Ästen, entlaubt und tot. Das tote Laub raschelte unter seinen Füßen. Der Schnee knirschte. Manchmal hatte sein Vater ihm erlaubt, auf die Eisflächen zu gehen, nachdem er sich vergewissert hatte, dass sie ihn tragen würden. Egon Schiele hatte gewusst, dass sich unter dem Eis Wasser befand. Da Eis eine geringere Dichte besaß, also leichter als Wasser war, schwamm es oben. Das zu wissen war nichts Besonderes. Aber dieses Schulwissen kam nicht an gegen seine Ängste. Dieses Schulwissen vermochte ihn nicht vor der Vorstellung zu schützen, dass unter dem Eis gar kein Wasser war. Sondern etwas anderes. Etwas ganz anderes.

Obwohl er verstand, dass seine Ängste irrational waren und sich vielleicht allein dadurch beheben lassen würden, indem er ein Loch in die Eisfläche schlug und sich selbst überzeugte, erwiesen sie sich doch als stärker als alle Vernunft. Denn er ahnte, dass sich nicht Wasser unter der Eisfläche befand, sondern etwas Dunkles, Drohendes.

Deshalb war die Kälte auch nicht das Schlimmste. Schlimmer war, dass sie sich nie mehr ganz vertreiben ließ. Dass, selbst wenn er nicht fror, darum wusste, daran dachte. Dass sie alles erfasste, alles, was er berührte, alles, wo er ging und stand, alles, was ihm in den Sinn kam. Die Kälte erfüllte alles und jedes innerhalb seines Gesichtskreises, jeden seiner Sinne. Und diese Vereisung konnte jederzeit über ihn herfallen. Sie bedurfte keiner winterlichen Temperaturen oder äußeren Voraussetzungen.

Wenn, was er Eis nannte, sich über seine Sinne legte und alles gefrieren ließ, wenn er seinen Schritt verhielt und lauschte, wusste er, dass er nicht länger auf festem Boden stand; einer Wiese, einer Straße, einem Teppich. Im selben Augenblick wusste er, dass er sich auf einer eisigen Fläche befand. Von da an ließ sich nicht mehr verleugnen, dass es nichts gab, was sicher war. Dass, was er eben noch für alltäglich und gewöhnlich gehalten hatte, sich von einem Moment zum anderen in einen Abgrund verwandelt hatte. Und nur eine einzige, eine winzige Bewegung ihn davor bewahrte, in diesen Abgrund zu stürzen.

Dieses Wissen, dass das Eis ihn nicht tragen würde, verließ ihn nie mehr ganz. Es gab Tage und Wochen, an denen er sich nicht damit auseinandersetzte. Aber der Gedanke war unterbewusst immer da: Früher oder später würde das Eis brechen. Wenn er in sich hineinlauschte, fühlte er schon ein Knirschen, ein Knacken, ein Singen, ein Schwanken, ein Zittern.

Zuweilen schrie alles in ihm, seine Ängste abzuschütteln, sich einem anderen Menschen anzuvertrauen; aber gleichzeitig wusste er, dass er nichts davon je preisgeben würde. Denn er ahnte, dass es sich dabei, ähnlich wie bei seiner Kunst, um Dinge handelte, die andere Menschen nicht mit ihm teilten. Und er ahnte, dass, selbst wenn es ihm gelänge, herauszufinden, was sich unter dem Eis befinde, seine Ängste nicht verschwinden würden. Denn das Schlimmste, das wirklich Erdrückende, war, dass, was immer sich unter dem Eis befand, nach ihm schrie, ihn lockte, ihn auf unaufhaltsame Weise, auf eine Weise, an der er selbst teilnahm, zu sich hinabzog. Es spielte keine Rolle, ob unter dem Eis schwarzes, kaltes, gieriges Wasser war oder ein gähnender, bodenloser Abgrund. Das Schlimmste war, dass er sich davon angezogen fühlte.

Er versuchte, seine Gedanken zu vertreiben. Versuchte, sich zu konzentrieren. Er musste an etwas zu denken, das real war. Etwas, das auch in den Augen anderer Menschen als real galt. Etwas, worüber man sprechen konnte, auch wenn ihm nicht nach Sprechen zumute war, und er dankbar zur Kenntnis nahm, dass dieses Mädchen diesbezüglich keine Anforderungen an ihn stellte. Aber dennoch musste er sich auf etwas konzentrieren, woran er sich klammern konnte. Etwas Banales. Alltägliches. Greifbares.

Er malte sich aus, wie es wäre, wieder auszustellen. Er stellte sich vor, das Bild des Mädchens mit dem merkwürdigen Hut in der Secession zu zeigen. Er stellte sich vor, es würde an seiner Tür klopfen, und ein unbekannter Sammler stünde vor ihm, würde hereingebeten, würde sich im Atelier umschauen und über sein Bild mit dem Mädchen zu sprechen beginnen. Würde ihm sagen, was es seiner Ansicht nach bedeutete. Würde ihm erklären, was er darin erblickte, welche Assoziationen es in ihm weckte. Und es dann kaufen. Er stellte sich vor, wie es wäre, mit dem Sammler um den Preis zu feilschen.

Denn seine Sammler waren in der Zeit, seit er zum Militär eingezogen worden war, rar geworden. Er hatte nicht malen können, nicht ausstellen, ja selbst den Kontakt zu halten war ihm zeitweilig unmöglich gewesen. Es war ihm verzweifelt schlecht gegangen. Aber irgendwie spürte er, dass es von nun an aufwärtsgehen würde, auch wenn er nicht hätte sagen können, worauf sich seine Hoffnung gründete.

Ehe er zur Welt gekommen war, hatte seine Mutter bereits zwei Kinder tot geboren. Elvira, die sieben Jahre älter war als er, war nur zehn Jahre alt geworden. Er konnte sich nicht an sie erinnern. Dann war Melanie geboren worden; sie war ihm fremd geblieben. Drei Jahre nach ihm war Gertrud zur Welt gekommen: der erste Mensch, der zu verstehen schien, was er war.

Egon Schiele wurde am 12. Juni 1890 geboren. Seine Kindheit verbrachte er in Tulln, wo sein Vater Bahnhofsvorstand war. Die lebenslange Faszination für die Eisenbahn rührte daher. Er zeichnete auch Eisenbahnen – lange, lange Ketten von Waggons. Er zeichnete überhaupt lieber, als Lateinaufgaben oder irgendetwas anderes zu machen. Er hasste die Schule, den Zwang, seine Lehrer.

1904 starb sein Vater. Er hatte schon Jahre lang an Syphilis gelitten. Im Laufe seiner Krankheit war sein Verhalten immer unberechenbarer geworden. In einem Wahnanfall hatte er seine Eisenbahnaktien verbrannt. Die Familie musste fortan von einer kleinen Rente und der Mildtätigkeit der Verwandtschaft leben. Egon zog sich in sich zurück – und in die Natur, die er mit seinem Skizzenblock erforschte. Er begann mit Künstlern zu verkehren, die trotz seiner Jugend von seiner Ernsthaftigkeit und Begabung beeindruckt waren.

In der eigenen Familie galt er als Taugenichts. Nachdem er mehrere Klassen wiederholen hatte müssen, sollte er endlich einen ordentlichen Beruf ergreifen. Seine Künstlerfreunde unterstützten freilich seinen Wunsch, an die Kunstakademie in Wien zu gehen. Die strenge Prüfung absolvierte der Sechzehnjährige mit Bravour.

Das Studium selbst war allerdings eine Enttäuschung. Das ständige Abzeichnen von Gipsbüsten wurde noch verschärft durch die reaktionäre Kunstauffassung seines Professors, des Historienmalers und eingefleischten Traditionalisten Christian Griepenkerl. Trotzdem gab er nicht auf – er wollte vor seinem Vormund, seinem Onkel Leopold Czihaczek, nicht eingestehen, dass dieser recht gehabt haben könnte. In dessen Wohnung, einem Albtraum aus Plüsch und schweren Möbeln, nahm Egon Schiele täglich sein Mittagessen ein. Von ihm wurde verlangt, dass er dem Klavierspiel des Onkels ergriffen lauschte, diesen dankbar ins Hofburgtheater begleitete und Erfolg an der Akademie hatte.

Allerdings, Schiele vermochte dem Klavierspiel nichts abzugewinnen. Er hasste das Theater, und er hasste zunehmend auch die Akademie. Griepenkerl verlangte von seinen Studenten eine Zeichnung pro Tag. Egon Schiele hatte damit kein Problem, er war wahrscheinlich der schnellste Zeichner seiner Zeit. Er begann seine lebenslange Suche nach der perfekten Linie, und er suchte sie mit Schnelligkeit und Präzision.

Ab 1909 ließ sich der junge Künstler kaum noch dazu herab, dem Unterricht beizuwohnen. Wenn, dann wegen der Klasse, in der nach dem Leben – und lebenden Modellen – gezeichnet wurde. Bald verfügte sein Strich über eine erstaunliche Klarheit und Genauigkeit, die aber nicht der akademischen Tradition, sondern dem zeitgenössischen Jugendstil geschuldet war – ein Stil, den Christian Griepenkerl zutiefst ablehnte.

Aber für Schiele war längst ein anderer Künstler Vorbild und Mentor geworden: Gustav Klimt. Er sei, sollte Schiele später einmal sagen, „durch Klimt gegangen". Er nahm dessen Stil in sich auf und verwandelte ihn in etwas Eigenes. Fehlte in Klimts Menschendarstellungen – buchstäblich und in übertragenem Sinn – die dunkle Seite des Lebens, begann Schiele den Konflikt zwischen den Porträtierten und dem dekorativen Stil auszuloten.

Klimt lud Schiele ein, sich an der zweiten „Kunstschau" zu beteiligen – was Studenten der Akademie eigentlich verboten war.

Schiele hatte aber keine Bedenken, gemeinsam mit Gleichgesinnten gründete er die „Neukunstgruppe“. Als man ihm mit Ausschluss drohte, verließ er die Akademie. Sein Onkel schäumte.

Trotz seiner künstlerischen Frühreife war Schiele persönlich nicht weiter entwickelt als irgendein Zwanzigjähriger in dieser Zeit. Er quälte sich mit den Problemen der Pubertät, mit verständnislosen Erwachsenen und nicht zuletzt mit ständigen Querelen um Geld. Gerade dieses Problem wurde noch verschärft durch seine Überzeugung, quasi einen Anspruch auf materielle Unterstützung zu haben. Als Künstler sah er sich als Priester, und für seinen Dienst an der Menschheit sei es doch wohl nicht zu viel verlangt, dass diese für sein Auskommen sorgte.

Sein Start ins Künstlerleben war vielversprechend: Als Anführer der Neukunstgruppe war er bei der Ausstellung im Salon Pisko im Herbst 1909 prominent vertreten. Arthur Roessler wurde auf ihn aufmerksam und sollte ihn fortan fördern. Dank dessen Verbindungen kamen die ersten Mäzene: Carl Reininghaus, Oskar Reichel und Heinrich Benesch. Trotzdem befand sich Schiele permanent in finanziellen Schwierigkeiten.

Zu einer Zeit, als Oskar Kokoschka und Max Oppenheimer einen neuen, unprätentiösen, ja geradezu rohen Porträtstil entwickelten, kultivierte Schiele seinen Expressionismus in realistischen Abbildern, verbunden mit ausdrucksstarker Stilisierung. Er perfektionierte seinen Strich, der gleichermaßen emotional aufgeladen und präzise war. Während Klimt seine Figuren in Ornamentik einbettete, beschränkte Schiele seine Farbigkeit auf die Gegenstände und ließ den Hintergrund leer.

Die permanente Geldnot machte es ihm schwer, Modelle zu finden. Ein Gynäkologe verschaffte ihm Zugang zu seinen Patientinnen. Aber seine bedrängte Lebenssituation ließ den Künstler immer unzufriedener werden: „Wie hässlich ist's hier“, schrieb er über Wien. „Die Stadt ist schwarz.“ Im Mai 1910 machte er sich mit Erwin van Osen und Anton Peschka auf den Weg nach Krumau, der Heimatstadt seiner Mutter.

1911 hatte der Maler seine ersten Frauenbeziehungen; Sex – und die damit verbundenen Ängste – wurde zum dominierenden Thema seiner Bilder. Schiele hatte mit dem Siechtum seines Vaters aus erster Hand gelernt, dass Sexualität tödlich sein konnte. Er war überzeugt, dass nur die Kunst wahrhaft den Tod zu besiegen in der Lage sei.

Als Künstler sah sich Schiele als Inbegriff des Genies. Bilder, in denen er sich selbst, verfolgt von einem schaurigen Doppelgänger, darstellte, suggerieren den Gegensatz des Schöpferischen und des Todes. Seine Akte, vielfach als pornografisch gebrandmarkt, waren alles andere als aufreizend: vielmehr verstörend, erschreckend, ja abstoßend. Er unterließ es ganz bewusst, sie auf konventionelle Weise zu ästhetisieren, weil es ihm um etwas ganz anderes ging als um Schönheit. Offenkundig war er von dem, was er sah und in seinen Bildern mitteilte, selbst gleichermaßen fasziniert und abgestoßen. Seine Angst vor der Konfrontation mit dem Weiblichen drohte ihn zu verschlingen. In einer Zeit, wo sich als Weg zwischen Chaos und Sicherheit nur Enthaltsamkeit anbot, gestand Schiele seine eigene Erregung und seine Komplizenschaft mit seinen Modellen unübersehbar ein.

Künstlermodelle hatten damals kaum einen besseren Ruf als Prostituierte. Aber oft hatten sie keine Wahl. Auch Valerie – Wally – Neuzil konnte sich nur mit Modellstehen durchbringen. Sie sollte nun Schieles bevorzugtes Modell werden. Im Mai 1911 gingen die beiden nach Krumau, um sich hier auf Dauer niederzulassen. Die Spießbürger nahmen freilich Anstoß an der ungewöhnlichen Kleidung des Künstlers, an der Anwesenheit Wallys, an ihrem offenbar schlampigen Verhältnis; und als in seinem Garten ein nacktes Modell entdeckt wurde, war die Krumauer Zeit schnell zu Ende. Schiele mietete sich ein Gartenatelier in Neulengbach.

Auch hier richtete er sich auf eine längere Zeit ein, mit seinen eigenen Möbeln. Seine finanzielle Situation blieb prekär – nicht zuletzt deshalb, weil er von seinen Mäzenen erwartete, dass sie dankbar zu sein hatten, die Heiligkeit seiner schöpferischen Mission zu unterstützen und Anteil nehmen zu dürfen an seinen Visionen, und weil er eine tiefe Abneigung gegen den Kunsthandel hatte, den es in der Monarchie ohnedies kaum gab. Dass ihn auch der direkte Kontakt zu Sammlern zu Kompromissen zwang, etwa, Porträts von ihnen anzufertigen, empfand er offenbar als das geringere Übel. Die Allegorien, die er damals malte, erwiesen sich jedenfalls als unverkäuflich.

Geldmangel war allerdings nur ein Problem. Auch in Neulengbach brauten sich dunkle Wolken zusammen. Der schlimmste Verstoß des Künstlers war wohl, dass er minderjährige Modelle beschäftigte. Die Tochter eines pensionierten Marineoffiziers brachte den Stein schließlich ins Rollen. Sie brannte von zu Hause durch und erklärte, bei Schiele bleiben zu wollen. Gemeinsam mit Wally brachte er das Mädchen nach Wien zu dessen Großmutter. Als er mit den beiden jungen Frauen nach Neulengbach zurückkehrte, wurde er wegen Entführung und Schändung des Mädchens verhaftet.

Die großen Anklagepunkte wurden freilich bald fallengelassen. Übrig blieb „öffentliche Unmoral", weil er erotische Zeichnungen nicht vor der Minderjährigen verborgen hatte. Am 30. April 1912 wurde Egon Schiele wegen Erregung öffentlichen Ärgernisses zu vierundzwanzig Tagen Haft verurteilt. Unter Berücksichtigung seiner Untersuchungshaft kam er nach drei Tagen frei.

Die Haft hatte Schiele als entsetzliche Verletzung seines Selbstverständnisses als Künstler erlebt. Seine in der Haft gezeichneten Bilder künden von Panik, Desorientierung und dem Gefühl der Isolation. „Den Künstler zu hemmen", schrieb er, „ist ein Verbrechen, es heißt keimendes Leben zu morden."

Es gab allerdings auch ganz praktische Auswirkungen seiner Haft. Seine finanzielle Situation war zerrütteter denn je. Einige Sammler distanzierten sich von ihm. Er konnte sich kein eigenes Atelier mehr leisten. Im Sommer 1912 trieb er planlos herum, besuchte Triest und den Bodensee. Aber es gab auch Positives. Er beteiligte sich an einer Ausstellung des Hagenbundes, und erstmals wurden seine Werke in der Presse ausführlich besprochen.

Neue Kunden wurden dadurch angezogen. Im Oktober konnte er endlich in sein neues Atelier in der Hietzinger Hauptstraße einziehen.

Von nun an machte er Konzessionen bei der Behandlung erotischer Sujets, indem er ästhetische Elemente einführte. Die weiblichen Akte wurden realistischer, dreidimensionaler. Seine Auseinandersetzung mit dem Kubismus führte zu einem höheren Grad an Abstraktion, aber auch zu einem stärkeren Raumgefühl. Und er malte fast keine Kinder mehr. Seine Selbstporträts und männlichen Akte waren von schiefen Blickwinkeln und dem Fehlen jeglicher Bezugspunkte dominiert. Es sah aus, als hingen die Männer in der Luft – und genau so mag sich der Künstler auch gefühlt haben.

Eine Nachwirkung des Gefängnisaufenthalts waren auch die quasireligiösen Visionen Schieles, so als wollte er seinen Kritikern unwiderlegbare Argumente entgegenhalten. „Auferstehung" entstand, „Bekehrung" und „Begegnung", alle in riesigen Formaten, die der Künstler, dessen Stärke in der Intimität lag, nur unter Schwierigkeiten bewältigen konnte. Er beschäftigte sich intensiv mit den Themen Leiden, Erleuchtung und Erlösung. Seine eigene Rolle in den Bildern definierte er jetzt nicht mehr als Visionär, sondern als Suchender.

Der Ausbruch des Ersten Weltkriegs hatte nicht sofort Auswirkungen auf das Leben Egon Schieles. Wegen eines angeborenen Herzleidens gab es sogar die Chance, dass er überhaupt nicht einrücken musste. Diese Hoffnung erfüllte sich freilich nicht, seine physische Zartheit verschaffte ihm aber immerhin eine Schonfrist. Diese Schonfrist nützte er, sein Leben in Ordnung zu bringen – jedenfalls sah er das so. Er begann daran zu denken, einen Hausstand zu gründen, und er dachte dabei nicht an Wally, sondern an ein „anständiges" Mädchen, das ihm Reputation und Halt bieten würde. Im Haus gegenüber seinem Atelier wohnten zwei Schwestern, Adele und Edith Harms. Beide hätten eine akzeptable Partnerin abgeben können.

Seine Bilder in dieser Zeit zeigen eine extreme Distanziertheit zu seinen Modellen, die fast schon nicht mehr menschlich wirken. Nicht selten sind sie ihrer Augen beraubt. Seine beiden Mutterbilder („Blinde Mutter“ und „Junge Mutter“) lassen jede Fürsorglichkeit vermissen. Die Blinde wird durch ihr Gebrechen daran gehindert, die Sehende berührt ihr Kind nicht einmal.

1915 heiratete Egon Schiele die jüngere der beiden Schwestern, Edith Harms. Drei Tage später meldete er sich in Prag zum Militärdienst. Zuvor hatte er sich noch, auf Drängen Ediths, von Wally getrennt. Er besaß die Chuzpe, ihr, die selbst in den schwierigsten Tagen immer zu ihm gehalten hatte, anzubieten, jedes Jahr einen gemeinsamen Urlaub zu verbringen, was Wally natürlich ausschlug. Sie ging zum Roten Kreuz und starb 1917 in Dalmatien an Scharlach.

In Schieles Werken tauchen nun Paar-Darstellungen auf, wobei eine der Figuren ein fühlendes menschliches Wesen ist, die andere seelen- und augenlos. „Tod und Mädchen“ ist eines der berühmtesten Bilder dieser Zeit; zwei Liebende, die sich angstvoll aneinanderklammern, obwohl sie längst wissen, dass ihre Beziehung gescheitert ist. „Entschwebung“, eine weitere Doppel-Darstellung, konzentriert sich auf den Schmerz in den beiden Gesichtern des Künstlers.

In Prag war es mit dem Malen vorerst vorbei. Schiele wurde gemeinsam mit tschechischen Bauern, die voller Wut auf die Monarchie waren, eingezogen. Der Drill war hart. Während der ersten Wochen beim Heer durfte er das Ausbildungsareal nicht verlassen; er fühlte sich entwurzelt und verletzbar. Erst als er nach Wien verlegt wurde, konnte er die Nächte wieder in seiner Hietzinger Wohnung verbringen.

Hand in Hand mit der neuen Häuslichkeit des Künstlers entwickelte sich in seiner Malerei ein vorher nicht da gewesener Realismus. Es komme ihm so vor, schrieb er an Anton Peschka, seinen Schwager, als würde er von Neuem beginnen, als hätte er bis jetzt nur die Werkzeuge vorbereitet. Trotzdem wurde 1916 sein künstlerisch unergiebigstes Jahr. Der Krieg, oder eigentlich das Militär, hinderte ihn nachhaltig an jeglicher Arbeit. Aber Schiele war auch emotional völlig erschöpft.

Tauglich nur für Kanzleidienste ohne Waffe, wurde Schiele in der Nähe des Exelbergs stationiert. Abends fuhr er heim zu Edith. Als er dabei erwischt wurde, war es auch damit vorbei. Im März wurde das Regiment nach Liesing verlegt, Schiele sollte im nahen Atzgersdorf Wachdienste leisten, wo russische Gefangene in einer aufgelassenen Fabrik interniert waren. Seine Porträts der Kriegsgefangenen zeigen ein hohes Maß an Mitgefühl. „Ihre Sehnsucht nach dem ewigen Frieden war so groß wie bei mir", notierte er.

Schiele hatte, anders als viele andere Künstler, den Krieg nicht mit Begeisterung begrüßt. Patriotismus war ihm fremd. Es sei ihm egal, welcher Nation er angehöre, sagte er einmal. Er empfand keine besondere Loyalität gegenüber Österreich-Ungarn, jeglicher Autorität stand er ohnedies mit Skepsis gegenüber; Uniformen hasste er geradezu. Er war politisch interessiert, schrieb für die Berliner Zeitschrift „Die Aktion", die zum Pazifismus tendierte. Aber er fürchtete noch immer, an die Front geschickt zu werden, und das ließ ihn vorsichtig sein. Er fühlte sich ohnmächtig, eingesperrt; die ganze Situation erinnerte an die Zeit seiner Haft in Neulengbach.

Künstlerisch vollzog sich nun der endgültige Wandel vom Expressionismus der frühen Jahre zum reifen, schlichten Realismus. Das von ihm abgebildete Individuum schien zunehmend an Bedeutung zu gewinnen.

Im Mai wurde Schiele nach Mühling versetzt, einem kleinen Dorf außerhalb Wiens. Wegen seiner eleganten Handschrift führte er im Militärlager die Bücher. Edith kam nach, in der Nähe fanden sie eine Wohnung. Ein kleiner Lagerraum wurde zum Atelier. Aber die Entfernung zu Wien machte es Schiele nahezu unmöglich, Kontakt mit seinen Mäzenen zu halten. Allerdings hätte er ihnen ohnedies nicht viel Neues zu bieten gehabt. Und wahrscheinlich hatten auch sie andere Sorgen als seine Kunst.

Im Januar 1917 gelang es ihm endlich, nach Wien versetzt zu werden. Voller Ideen kehrte er heim in die Stadt, die ihm so oft „schwarz“ erschienen war. Jetzt verkörperte sie die Hoffnung, seine Karriere wieder in Schwung zu bringen. „Dort will ich von Neuem beginnen“, schrieb er an Anton Peschka. Und tatsächlich, schon nach kurzer Zeit hatte er seine Kontakte zur Kunstwelt wiederhergestellt, und bald konnte er sich einen ähnlich aufwendigen Lebensstil leisten wie Gustav Klimt. Eine der produktivsten Perioden des Künstlers nahm ihren Anfang.

Über allem schwebte aber nach wie vor das Damoklesschwert des Krieges. Schiele dachte oft über den Krieg nach. Über die Sinnlosigkeit. Über die Veränderung, die mit Menschen vor sich ging, sobald sie eine Uniform trugen. Über die Verschwendung von Menschen und Dingen. Immer wieder dachte er daran, etwas über den Krieg zu sagen. Etwas über den Wahnsinn, der die ganze Welt wie in einem Strudel immer tiefer hinabzog. Aber er wusste, dass er vorsichtig sein musste. Er wollte nicht wieder ins Gefängnis. Nicht jetzt. Er wollte nicht an die Front. Er wusste, das wäre das Ende.

Normalerweise überließ er nie etwas dem Zufall, wenn er malte. Er hatte immer ganz genaue Vorstellungen, wie sich ein Modell präsentieren müsse. Er wusste ganz genau, wie es stehen, liegen, sitzen, kauern solle. Wo seine Hände sein und wie es sie halten solle. Wie seine Füße, ausgestreckt oder angezogen. Wie es seinen Körper strecken oder biegen solle. Er hatte sogar schon auf Leitern sitzend gemalt, nur um eine Pose aus genau dem Blickwinkel einzufangen, den er sich vorgestellt hatte. Aber diesem Mädchen hatte er nichts vorgegeben. Er hatte nicht von ihm verlangt, sich ihm auf eine bestimmte Weise zu präsentieren. Es hatte sich auf den Stuhl gesetzt und war erstarrt. Und er hatte es dabei belassen. Etwas faszinierte ihn an ihm. Etwas, das mehr war als eine vage Ähnlichkeit mit Edith. Er hätte nicht sagen können, worin es bestand.

Das Mädchen schien noch immer nichts zu sehen. Es bewegte sich noch immer nicht. Bald hatte er die Umrisse seiner Figur eingefangen. Die Haltung seiner Hände. Der Hintergrund sollte den Wahnsinn dieser Zeit zeigen. Den Wahnsinn des Krieges. Einen Wahnsinn, der nicht aufhören würde, bis alle so erschöpft wären, dass sie nicht mehr weitermachen konnten. Aber noch war es nicht so weit. Im Gegenteil. Vor einem Jahr hatte das große Schlachten um Verdun begonnen. Erst vor wenigen Wochen war es, nach Hunderttausenden deutschen und französischen Toten und Verwundeten, beendet worden. Der Frontverlauf war nahezu unverändert geblieben. An der Somme waren mehr als eine Million britische, deutsche und französische Soldaten gefallen oder verstümmelt worden. Und auch hier hatte dies nur einen geringen Geländegewinn gebracht. Er hätte nicht einmal sagen können, für welche Seite.

Rumänien hatte Österreich-Ungarn den Krieg erklärt. Italien hatte dem Deutschen Reich den Krieg erklärt. Die griechische Gegenregierung hatte beiden Mittelmächten den Krieg erklärt. Im Grunde wussten alle, dass die Lage aussichtslos war. Aber in Berlin war Karl Liebknecht gerade zu vier Jahren Kerker verurteilt worden, weil er eine Antikriegsdemonstration angeführt hatte. In Wien hatte der Sozialdemokrat Friedrich Adler den österreichischen Ministerpräsidenten ermordet. Der greise Franz Joseph war gestorben. Am Wüten des Weltkriegs hatte all das nichts zu ändern vermocht. Genau das sollte der Hintergrund aussagen – aber Egon Schiele hatte an diesem nasskalten Wintertag des Jahres 1917, der Schnee versprach, noch keine Vorstellung, wie das zu bewerkstelligen wäre, ohne die Obrigkeit gegen sich aufzubringen.

DER BUCHHÄNDLER

Das Ölgemälde „Das Mädchen mit violettem Hut" zeigt im Format von 139,5 x 109,5 cm eine junge Frau von der Taille aufwärts. Die Frau ist mit einem dunkelbraunen Mantel und einem violetten Hut bekleidet. Ihr Körper, ein wenig vorgebeugt, ist dem Betrachter frontal zugewendet, ihr intensiver Blick aber nicht auf ihn gerichtet, sondern auf etwas, das sich unmittelbar neben oder hinter ihm befinden muss. Wer das Bild betrachtet, fühlt sich unwillkürlich genötigt, sich umzudrehen, nur um sogleich festzustellen, dass der Punkt, auf den das Mädchen zu starren scheint, jedenfalls nicht dort ist, wo man nun hinsieht. Es ist ziemlich irritierend.

Die Hände der jungen Frau umklammern mit verschränkten Fingern eine kleine schwarze Tasche oder einen Beutel. Unter dem Mantel, der den Eindruck vermittelt, sehr lang und ein wenig zu groß für sie zu sein, kann man den Kragen einer weißen oder jedenfalls sehr hellen Bluse erkennen. Auch der Hut ist ein wenig zu groß und entschieden zu matronenhaft für sie. Unter dem Hut quellen lange, rötlichbraune Haare hervor, die seitlich in Locken über die Schultern fallen.

Egon Schiele hat einmal geschrieben, ein Bild müsse von sich aus Licht geben; die Körper, die darauf abgebildet seien, hätten zwar ihr eigenes Licht, aber dieses Licht würde sich im Laufe des Lebens verbrauchen; die Körper würden verbrennen; letztlich seien sie unbeleuchtet. Das Licht bei dem „Mädchen mit violettem Hut" kommt ebenfalls nicht vom Körper der Dargestellten, obwohl ihr außerordentlich blasses Gesicht zu leuchten scheint und dieses Leuchten durch den dunklen Mantel und den violetten, altmodischen Hut noch verstärkt wird.

Aber im Wesentlichen leuchtet das Gemälde durch den Hintergrund, ein wildes Muster aus gelben, orangeroten und violetten Flammen, die durch ihre Schwarzuntermalung noch heller, noch greller strahlen. Es ist, als würde die ganze Welt hinter dem Mädchen brennen, als wäre sie ein einziges Flammenmeer. Vor diesem Hintergrund hebt sich die Gestalt des Mädchens dunkel ab. So als gehöre es nicht zu diesem Hintergrund. So als könne das, was den Hintergrund brennen lässt, es niemals erreichen.

Das Aufregendste des Bildes ist aber dennoch das Gesicht: Es besitzt eine gewisse Ähnlichkeit mit Schieles Frau Edith. Aber das ovale, fast herzförmige Antlitz mit den bogenförmigen Augenbrauen hat auch etwas Maskenhaftes, fast Ornamentales. So als stehe es gar nicht für eine bestimmte Person. So als habe Schiele damit ein Sinnbild erschaffen wollen. Für Unberührtheit, ja. Für Unberührbarkeit, ja. Aber mehr noch für Verletzbarkeit. Für Ausgesetztheit. Und nicht zuletzt für Isolation. Es ist eine Aura der Unschuld um das „Mädchen mit violettem Hut", aber ebenso erzählt es von einer fragilen Existenz am Rande der Welt, fast schon verschieden von der Welt. Diese Aura geht von ihm aus, und sie wird durch die Blässe des Gesichts, die leicht vorgebeugte Haltung, als suche es etwas, das sich nicht genau ausnehmen lasse, aber vor allem durch das Chaos und die Gewalt, die hinter ihm herrschen, verstärkt.

Egon Schiele war ein genialer Zeichner. Ein genialer Maler. Er war in der Lage, in seine Linien und Farben ebenso viel an unmittelbarem Gefühlsausdruck zu pressen wie ein Komponist in die Musik. Aber er war noch mehr als ein genialer Zeichner, ein genialer Maler: Er konnte auf den Gesichtern und in den Gesten der Menschen, die er porträtierte, sichtbar machen, was die Gesichter und Gesten selbst gar nicht verrieten. Was sie vielleicht selbst gar nicht von sich wussten. Was sich tief unter der Oberfläche abspielte.

Dabei veränderte er die Gesichter kaum. Jeder, der die Porträtierten kannte, konnte sie ohne Weiteres wiedererkennen. Schiele stellte sie weitgehend realistisch dar. Er verzerrte ihre Züge nicht.

Aber er entblößte sie. Er machte sie nackt. Und man spürte im selben Augenblick, in dem man so ein Bild ansah, dass man selbst über einem Abgrund balancierte – einem Abgrund, der an einem zerrte und zog – und jeden Augenblick abstürzen könnte.

Dieselben Gesichter, die einem, wäre man ihnen auf der Straße begegnet, als ganz normal und keineswegs ungewöhnlich erschienen wären, begannen plötzlich etwas entschieden Verborgenes zu verraten. Etwas existenziell Wichtiges. Etwas zutiefst Beunruhigendes. Dabei waren die Bilder schön. Es handelte sich um schöne Menschen, die sich der Maler ausgesucht hatte. Aber das Beunruhigende war stärker als das Schöne. Die Schönheit vermochte den Abgrund, der sich auftat, nicht zu überbrücken. Die Schönheit verlockte vielmehr, in den Abgrund zu blicken.

Das „Mädchen mit violettem Hut" war von einer starken Ausstrahlung von Unschuld umgeben. Aber während man es ansah, ahnte man bereits, dass diese Unschuld zerstört und in den Schmutz gezerrt werden würde. Dass da bereits jemand wartete, ihr den Mantel von den Schultern zu reißen. Den Hut vom Kopf zu stoßen. Die weiße Bluse zwischen die Fäuste zu nehmen und zu zerreißen. Man ahnte es, weil das Mädchen auf etwas blickte, das sich unmittelbar neben oder hinter einem selbst zu befinden schien, und weil, was geschehen würde, sich bereits in seinem Gesicht spiegelte.

Egon Schiele war ein Mensch von hoher Sensibilität. Von außergewöhnlichem Einfühlungsvermögen. Er war imstande, in den Gesichtern der Menschen zu lesen und wiederzugeben, was er, tief unter der Oberfläche verborgen, entdeckt hatte. Ein Psychologe könnte vielleicht erklären, dass er dazu fähig war, weil er permanent damit beschäftigt war, in den eigenen Abgrund zu blicken. Und die Blicke in die Abgründe anderer Menschen keinem anderen Zweck dienten als dem Versuch, sich selbst zu bestätigen, derselben Spezies anzugehören.

Dennoch hatte er keine Ahnung, dass das „Mädchen mit dem Hut", wie es im Volksmund später genannt werden sollte, seiner letzten Schaffensperiode zugerechnet werden würde. Dass wildfremde Menschen in einer fernen Zukunft von einer stilistischen Wende sprechen würden. Dass sie von einem Spätwerk sprechen würden, das sich nicht mehr am stark Expressiven, Ekstatisch-Visionären orientierte, sondern an einer neuen, naturalistischen, fast klassischen Malweise. Egon Schiele hatte keine Ahnung, dass er bald sterben würde.

Bei aller Sensibilität, bei aller Fantasie, bei aller Schwarzmalerei, zu der er zeitlebens neigte, vermochte er sich das nicht vorzustellen. Er war noch keine siebenundzwanzig Jahre alt, als er das Mädchen malte. Und so wie wir alle hatte er letzten Endes keine Ahnung, was es bedeutete: zu sterben. Er hatte den Tod zum Thema seiner künstlerischen Arbeit erhoben, ja. Aber er ahnte nicht, wie nahe ihm der Tod tatsächlich schon war.

Im September 1917, mitten im Krieg, wurde das „Mädchen mit violettem Hut" erstmals öffentlich ausgestellt, in der Kunsthalle Stockholm. Als Verkaufspreis waren 3.000 Kronen angegeben. Aber erst im März des folgenden Jahres konnte Schiele das Bild tatsächlich verkaufen. Der Wiener Verleger Emanuel Neumann bot ihm dafür 2.000 Kronen in bar und einen Einkaufsrahmen über 1.000 Kronen in seiner Buchhandlung.

Wenn man die damals galoppierende Inflation berücksichtigt, erlöste Schiele also weniger, als er sich ursprünglich vorgestellt hatte. Das ist insofern überraschend, als Schiele zu diesem Zeitpunkt bereits ein weithin anerkannter, ja gesuchter Künstler war. Aber vielleicht wollte er auch Neumann, der seine Grafiken und Bücher über ihn zu verlegen versprach, ein wenig entgegenkommen.

Die dramatische Wirtschaftslage nach vier Jahren Krieg hatte die Kunst zur letzten sicheren „Währung" werden lassen. Überall herrschten Hunger, Kälte, Not, Krankheit, Verzweiflung. Es gab nur wenige Menschen, die noch die Muße fanden, sich in ein Bild zu vertiefen. Aber es gab viele, die Geld hatten und es mit dem Erwerb von Kunstwerken zu retten versuchten.

Emanuel Neumann war eigentlich eher Buchhändler als Verleger. Er war klein und rundlich. Sein Haar war dünn und kündigte bereits in jungen Jahren an, dass er bald kahlköpfig sein würde. Eine Zeit lang kämmte er sich die letzten traurigen Strähnen quer über die Glatze. Bei jedem anderen hätte das lächerlich gewirkt. Aber bei ihm überstrahlten sein Optimismus und seine Menschenfreundlichkeit die meisten anderen Eindrücke. Seine Frau hatte, abgesehen davon, dass sie nicht zu Kahlköpfigkeit neigte, eine verblüffende Ähnlichkeit mit ihm. Die beiden traten stets gemeinsam auf, was einen Kabarettisten dazu verleitete, sie „Doppelpunkt" zu nennen. Es hieß, Emanuel Neumann habe herzlich über diese Charakterisierung gelacht.

Seine Buchhandlung fungierte auch als Kartenbüro. Man konnte bei ihm Eintrittskarten für die nächste Opernaufführung ebenso kaufen wie fürs Kabarett. Neumann veranstaltete auch selbst Lesungen, Gesangsabende, sogar kurze Einakter wurden bei ihm aufgeführt. Diese Veranstaltungen zeichneten sich durch eine perfekte Organisation aus. Die Räume an der feinen Adresse in der Wiener Kärntnerstraße waren bis auf den letzten Platz gefüllt. Es gab lange Schlangen von Leuten, die sich ihr Buch signieren lassen oder mit dem Autor oder der Sängerin ein paar Worte wechseln wollten. Emanuel Neumann war ein umsichtiger Veranstalter und ein sehr erfolgreicher Buchhändler. Seine größte Stärke war freilich, dass er Leute zusammenbringen konnte. Er war mit allen gut Freund und wusste von jedem praktisch alles. Wenn er erfuhr, dass Leute, die er einander vorgestellt hatte, schon nach einem kurzen Gespräch feststellten, dass der andere genau die Lösung ihrer Probleme bereithielt, klatschte er seine feisten Hände zusammen. Die Bezeichnung „Kuppler" trug er, trotz der anrüchigen Bedeutung, mit Begeisterung.

Allerdings hieß er in Wirklichkeit gar nicht Neumann. Er wurde 1885 als Emanuel Nágy geboren. Er lebte in Wien, war aber ungarischer Staatsbürger. 1912 entschloss er sich, den Familiennamen zu ändern. Er richtete daher an die „K.&.K. Polizeidirection" in Wien die Bitte um Ausstellung einer Leumundsnote „als Beilage eines Gesuches behufs Namensänderung". Nágy wollte künftig Neumann heißen.

Das lehnte das Ministerium in Budapest allerdings erst einmal ab. In einem weiteren Gesuch begründete Emanuel Nágy, warum ihm ein anderer Name so wichtig war. Als Eigentümer einer alteingesessenen Wiener Buchhandlung und eines Wiener Verlags sei ein deutscher Name für sein wirtschaftliches Fortkommen von größter Bedeutung. Erstaunlicherweise ließ sich das Ministerium erweichen und gab seinem Ersuchen ohne weitere Vorbehalte statt.

Denn nachdem sein langjähriger Chef, der Wiener Buchhändler Robert Weninger, 1911 gestorben war, hatte Nágy die Gelegenheit ergriffen, die Firma mit allen Aktiva und Passiva zu übernehmen. 1913 erfolgte die Änderung des Firmenwortlauts in „Buchhandlung Emanuel Neumann". Neumann handelte übrigens nicht nur mit Büchern, sondern auch mit Bildern. Zu seinen Kunden zählte auch Egon Schiele. Als ihm dieser im März 1918 die Rechnung für das „Mädchen mit violettem Hut" schickte, bat er, den Betrag für „die zuletzt gekauften Bilder" zu berücksichtigen.

Emanuel Neumann war ein Liebhaber und Förderer aller Künste. Er sammelte Gemälde. Er brachte Bücher heraus und kannte viele Autoren seiner Zeit persönlich. Er galt als exzellenter Kenner klassischer Musik. Eine der ersten Publikationen seines Verlags hatte eine Mappe mit Zeichnungen von Egon Schiele zum Inhalt. Im selben Jahr erschien auch das nur 34 Seiten starke Bändchen „Verse von N.N.", das Neumann zwar selbst verfasst, aber nicht im eigenen Namen herauszugeben gewagt hatte.

Im April 1919 veröffentlichte er Karl Kraus' „Weltgericht" in zwei Bänden. Im selben Jahr brachte er Gedichtbände von Elke Lasker-Schüler und Georg Trakl heraus, in jeweils kleiner Auflage, aber sehr feiner Ausführung. Er verlegte die „Judastragödie" von Egon Friedell und bemühte sich um die Publikation von Texten von Sigmund Freud; dies sollte ihm freilich nie gelingen.

Für diese Programmrichtung, vor allem für kleine, feine Lyrikbände, wurde Emanuel Neumann schließlich bekannt, wenn auch nur einem handverlesenen Kreis von Kennern. Im Bereich der zeitgenössischen Kunst erschienen Werke über Gustav Klimt und Egon

Schiele (z. B. „Briefe und Prosa"). Neumann verlegte auch die Zeitschrift „Moderne Kunst in Wien". Und er publizierte gelegentlich Schriften, die sich mit der Judenproblematik befassten. Schalom Asch veröffentlichte bei ihm eine Neuauflage von „A schlechte zait", Leo Katz „Brennende Dörfer" und Abraham Mosche Fuchs seinen Roman „Unter der Brücke". Arthur Rosenberg übersetzte für den Verlag Neumann „Das Buch vom Paradies" von Itzik Manger, der damals gerade berühmt zu werden begann.

Zwischen 1917 und 1937 brachte Neumann ungefähr sechzig Titel auf den Markt, wobei mehr als die Hälfte Gedichtbände waren. Die übrigen Veröffentlichungen teilten sich Karl Kraus mit Bearbeitungen von Nestroy und Shakespeare und Texte von Albert Ehrenstein, Karl Hauer, Detlev von Liliencron, Victor Loos, Frank Wedekind und Franz Werfel. Die letzte Publikation des Verlags war 1938 der „Neumann Almanach". Er enthielt neben acht Faksimile-Drucken von Holzschnitten von Otto Rudolf Schatz vor allem musikwissenschaftliche Beiträge.

Aber, wie gesagt, Emanuel Neumann war trotz dieser verlegerischen Tätigkeit vor allem Buchhändler. Sein Geschäft in der Kärntnerstraße war mehr als nur ein Ort, wo man Bücher kaufte. Seine Buchhandlung war eine Institution, weit über die Grenzen Wiens hinaus bekannt. Neumann verkehrte mit Philosophen, Autoren, Musikern und Malern. Sie alle gingen hier ein und aus. Und sie alle wussten: Wenn es ihnen einmal schlecht ginge, wenn sie nicht mehr weiter wüssten, würde Emanuel Neumann ihnen, ohne zu zögern, unter die Arme greifen. Nicht wenige Bilder kaufte er, um das Überleben der Künstler sicherzustellen.

Seine Wohnung in der Großen Neugasse im 4. Bezirk glich einer Galerie. Neumann galt vor 1938 als einer der bekanntesten Schiele-Sammler in Wien – auch wenn er, was den Umfang seiner Sammlung anlangte, gerne ein wenig übertrieb. Nach dem Zweiten Weltkrieg sah sich seine Witwe gezwungen, alle Werke als gestohlen zu melden. Seine Leidenschaft für Egon Schiele hatte Neumann freilich schon lange zuvor in Probleme gestürzt. Seine Mitbewerber streuten das Gerücht, er würde Jugend verderbende, pornografische Literatur verkaufen. Ein andermal hieß es, er halte sich nicht an die Bücherrichtpreise, er verkaufe unter Preis.

Emanuel Neumann war als Buchhändler fraglos sehr erfolgreich. Seine Klientel war erlesen, fast mondän. Dennoch musste er 1938 Konkursantrag stellen. In den Monaten davor war seine Buchhandlung von den Nazis geplündert und der Lagerbestand durch Beschlagnahme dezimiert worden. Nach dem „Anschluss" hatte Neumann sein Geschäft einige Tage zugesperrt, dann jedoch erstaunlicherweise die Erlaubnis erhalten, den Betrieb weiterzuführen. Anfang Juni war schließlich ein „Auslandsösterreicher", der gebürtige Steirer Johann Reiter, bei Neumann erschienen. Reiter war erst kurz zuvor aus dem „Altreich" heimgekehrt. Er hatte in München für die süddeutsche Ausgabe des *Völkischen Beobachters* im Vertrieb gearbeitet. Er galt als glühender Nazi. Seit 1935 war er Mitglied der SA.

Reiter und Neumann – dieser unter dem Zwang zu retten, was noch zu retten war – kamen in einem Vorvertrag überein, dass die Buchhandlung von Reiter übernommen werde. Sie einigten sich auf einen Kaufpreis von 50.000 Reichsmark. Die Übernahme, bei der kein Bargeld den Besitzer wechselte, erfolgte sofort. Wenige Tage später prangte über dem Geschäft die Tafel „Arische Firma Inhaber Johann Reiter". In einem der Schaufenster stand eine Führerbüste. Ab diesem Zeitpunkt betrat Emanuel Neumann sein früheres Geschäft nie mehr.

Im August 1938 stellte sich anlässlich einer Inventur heraus, dass die Gestapo so viele Bücher beschlagnahmt hatte, dass das Unternehmen nun fast kein Betriebsvermögen mehr aufwies. Reiter weigerte sich, den ursprünglich vereinbarten Kaufpreis zu zahlen. Dass das Unternehmen nichts mehr wert war, lag allerdings nicht nur an der Gestapo. Auch Reiter selbst hatte sich kräftig bedient, noch bevor er „rechtmäßiger" Besitzer wurde. Er betrachtete die Buchhandlung als Selbstbedienungsladen. Er verschenkte Bücher, die ihm nicht gehörten, an Staatspolizisten und Freunde. Er nahm

Bilder und Bücher für seinen Eigengebrauch mit nach Hause. Und er steckte das Geld für das, was er verkaufte, in die eigene Tasche.

Ende Oktober 1938 teilte er Neumann mit, dass er das Geschäft doch nicht übernehmen werde. Er erklärte sich lediglich bereit, das, was vom Lager noch übrig war, um 15.000 Reichsmark zu kaufen. Neumann war gezwungen, auf diesen Vorschlag einzugehen.

Mit derselben Masche „arisierte" Reiter fünf weitere „jüdische" Buchhandlungen in Wien. Und er hatte sich noch eine zusätzliche Methode zur Gewinnmaximierung ausgedacht. Er zahlte nie auch nur eine Mark für die übernommenen Geschäfte. Mithilfe eines Parteigenossen in seiner Hausbank fälschte er die Zahlungsbestätigungen. Damit konnte er die Betrogenen leicht auf Distanz halten. Diese hatten allerdings ein Problem: Mit den Zahlungen, die sie nie erhielten, sollten die Judenvermögensabgabe und Reichsfluchtsteuer beglichen werden, damit sie ins Ausland flüchten konnten; sie standen nun mit leeren Händen da.

Als Reiter Ende Mai 1948 wegen Illegalität, missbräuchlicher Bereicherung und Verletzung der Menschenwürde vor dem Volksgericht stand, erhielt er ein mildes Urteil. Zwar wurde er in allen Punkten der Anklage für schuldig befunden, kam jedoch mit fünfzehn Monaten Zuchthaus äußerst glimpflich davon.

Den Empfängern seiner Zahlungen erging es weniger gut. Ohne Geld gelang es nur wenigen, aus Österreich wegzukommen. Emanuel Neumann gehörte nicht zu ihnen; er wurde nach Auschwitz gebracht. Als er dort beim Diebstahl von Kartoffeln erwischt wurde, verabreichten ihm die KZ-Schergen zur Abschreckung dreihundert Stockschläge. Danach war er nur noch eine blutige Masse. Es ist nicht bekannt, ob er noch lebte, als er am 14. Juni 1942 ins Krematorium geschleppt wurde.

DER LEBEMANN

Das „Mädchen mit dem Hut" hatte Emanuel Neumann zu diesem Zeitpunkt freilich längst verkauft. 1926 war der damals 42-jährige Architekt Arthur Rosenberg zu ihm gekommen und hatte ihm erklärt, nicht wieder gehen zu wollen, ehe sie sich einig geworden wären. Ohne zu zögern, akzeptierte er den verlangten Preis, immerhin 10.000 Schilling. Er wollte das Bild haben, unbedingt, und Neumann hätte sogar noch mehr dafür verlangen können. Neumann trauerte der vorübergegangenen Gelegenheit nicht nach. Er war überzeugt, dass alles, was man tat, in irgendeiner Form wieder zu einem zurückkam. Dass sich Rosenberg ihm ein wenig verpflichtet fühlte, weil er ihm das „Mädchen" überhaupt verkauft hatte, wog vielleicht schwerer als ein paar Tausender auf oder ab.

Arthur Rosenberg war wohlhabend, er besaß Kunstverstand und hatte eine beachtliche Kunstsammlung. Er nannte Werke von Gustav Klimt und Oskar Kokoschka, von Herbert Boeckl und Anton Faistauer, von Kolo Moser und Max Oppenheimer sein Eigen. Und jetzt hatte er endlich auch einen Schiele. Seine Wohnung am Rathausplatz hatte Adolf Loos eingerichtet und war selbst ein Kunstwerk.

Bis 1918 hatte er in der österreichisch-ungarischen Armee als Offizier gedient. Er hatte das Ende dieser alten Armee hautnah miterlebt, am Isonzo und an der Piave. Er war dabei gewesen, als im Juni die k.u.k. Truppen unter Feldmarschall Hötzendorf die Piave überschritten und zurückgeworfen wurden. Er war dabei gewesen, als 150.000 Mann in den Tod gingen und der Zusammenbruch der Mittelmächte besiegelt wurde.

Er war dabei gewesen, als die Versorgung zusammenbrach. Als die Soldaten einfach nicht mehr kämpfen wollten. Er war im Oberkommando gewesen, als dieses um einen Waffenstillstand ersucht hatte, um einen geordneten Rückzug der Truppen zu gewährleisten. Aber die Italiener hatten das Angebot ausgeschlagen. Sie waren bis zum Brenner vorgerückt und hatten 350.000 Gefangene gemacht. Darunter auch ihn, Rosenberg. Im italienischen Hinterland hatte er unter unmenschlichsten Bedingungen ums Überleben gekämpft. Später hatte er erfahren, dass man die Soldaten, weil man sie in der Heimat unmöglich hätte verpflegen können, ganz bewusst in die Gefangenschaft geschickt hatte. Der Großteil der Soldaten überlebte dies nicht sehr lange, dafür sorgten schon Krankheiten und Unterernährung.

Aber er hatte überlebt. Er hatte überlebt, und das sogar ohne eine schwere Verwundung. Ohne eine bleibende Beeinträchtigung an Leib und Seele. Er hatte Freunde, die es nicht so gut getroffen hatten. Die nur noch ein Schatten ihrer selbst waren. Die unter Schützengrabenneurose litten. Denen ein Arm fehlte oder ein Bein oder ein Auge. Arthur Rosenberg war sich bewusst, dass sein Leben, seine Gesundheit, sein Selbstvertrauen an einem seidenen Faden gehangen hatten. Aber nun war es vorbei. Und er schwor sich, dass er nie wieder Befehle entgegennehmen würde. Dass er den Krieg nie mehr in sein Leben lassen würde. Dass er alles vergessen wolle, was er erlebt hatte. Das Leben war kurz, und der beste Teil war für ihn vielleicht schon vorbei. Aber egal, wie viel Zeit ihm noch blieb – er würde sie nützen.

Arthur Rosenberg wusste, dass das Leben eine Gratwanderung war. Der Krieg hatte ihm vor Augen geführt, dass er jederzeit abstürzen konnte. Seit er dem Abgrund so nahe gekommen war, würde er sich, darüber war er sich im Klaren, nie wieder ganz sicher fühlen können. Doch von nun an wollte er sich auf nichts mehr einlassen. Er würde Abstand halten. Er würde jedes Engagement vermeiden. Alles, was riskant war.

Aber ein Jahr nach seiner Heimkehr aus der Kriegsgefangenschaft starb seine Frau bei der Geburt ihrer ersten Tochter im Kindbett. Und er erlitt doch noch die Verwundung, die ihm im Krieg nicht zugefügt worden war. Er trauerte. Aber nur kurz. Dann erinnerte er sich, dass er nichts und niemanden mehr an sich heranlassen wollte. Er begann, was er „leben“ nannte.

Dabei half ihm, dass er sehr vermögend war. Er kam aus einer reichen Familie. So reich, dass er das Geld mit offenen Armen aus dem Fenster werfen konnte, ohne je darüber nachdenken zu müssen, woher der Nachschub kam. Er wurde, was man früher einen Bonvivant nannte, einen Lebemann, und er schlitterte nicht in diese Position, er suchte sie ganz bewusst. Dieser Lebensstil schien ihm angemessen zu sein. Er brachte hervorragende Voraussetzungen dafür mit: ausgezeichnete Manieren und eine fundierte Bildung. Er wurde ein Herzensbrecher, wie er heute nur noch als klassischer Rollentypus in etwas angestaubten Theaterstücken vorkommt.

Rosenberg war bald ein ebenso gern gesehener Gast in den besten Kreisen der Gesellschaft wie in den Nachtclubs von Wien. Er verkehrte mit Künstlern. Man munkelte von häufig wechselnden Frauenbekanntschaften. Im Grunde war er ein Nichtstuer, intelligent, humorvoll, charmant, geistreich, der jedem, der ihn darum bat, großzügig aushalf. Darüber hinaus lehnte er es aber ab, auch nur einen Gedanken an die prekäre gesellschaftliche Situation seiner Zeit aufzuwenden. Hätte man ihn gefragt, warum er nicht arbeite, hätte er wahrscheinlich verschmitzt erklärt, dass er dafür keine Zeit habe.

Dabei entwarf er Schmuck für die führenden Juweliere der Stadt. Er firmierte als Designer exquisiter Silberobjekte für die renommierte Manufaktur Klinkosch. Aber es wäre ihm peinlich gewesen, dies als „Arbeit“ zu bezeichnen. Er war nicht bereit, irgendeine Tätigkeit auszuüben, die zu einer Verpflichtung zu werden drohte. Sein Image als großzügiger Verschwender schützte ihn hervorragend vor der Frage, ob er nicht vielleicht sein Leben verschwendete.

Tatsächlich erwies er sich als umsichtiger Verwalter seines Vermögens. Dass es ihn nach außen hin nicht zu kümmern schien, woher das Geld kam, war eine Attitüde. Es war eine Attitüde, so zu tun, als ginge es ihm nur darum, es auszugeben: Am Wochenende beim Segeln auf Korfu. Mit Polo bei den Rothschilds in Südengland. Auf ein paar Tage mit Gleichgesinnten in Nizza. Das war sein Leben. Jeder, der ihn kannte oder auch nur von ihm gehört hatte, war überzeugt, er genieße es in vollen Zügen.

Arthur Rosenberg galt als Glückskind. Er war fähig, jedem, der ihm begegnete, ein starkes Gefühl der Anteilnahme und Wertschätzung zu vermitteln. Er war kein Mann, auf den man unbedingt das Attribut schön verwendet hätte, aber er war groß und schlank, eine elegante Erscheinung. Er strahlte eine beachtliche sexuelle Anziehungskraft aus, die ihm immer neue Affären bescherte. Die Welt, so schien er auszurufen, ist doch ein Riesenspaß, voller kleiner süßer Damen, die ihn verwöhnen wollten. Und voller kleiner süßer Geschichten, die ihm zustießen.

Dann kam die Weltwirtschaftskrise. Rosenberg verlor ein kleines Vermögen an der Wallstreet. Was ihm blieb, war aber noch immer beachtlich. Er war an Banken, Versicherungen und mehreren Firmen beteiligt, die alle Gewinn abwarfen. Er besaß mehrere Wohnungen, nicht nur in Wien, auch in Salzburg, ja selbst in Paris. Und er besaß seine Kunstsammlung. Er hatte eigentlich keinen Grund, beunruhigt zu sein. Aber er war beunruhigt. Etwas veränderte sich. Schleichend. Unaufhörlich. Das spürte er genau. Und mit einem Mal wusste er, dass er die Welt da draußen, außerhalb seiner Wohlstandsoase, nicht länger ignorieren durfte. Denn es könnte sich herausstellen, dass sich der Wohlstand und die Sicherheit seines Lebens in noch größerem Ausmaß als Illusion entpuppten, als er es ohnedies schon immer vermutet hatte.

Nach außen hin änderte sich nicht viel an seinem Lebensstil. Vielleicht, dass er noch ausgelassener feierte. Vielleicht, dass er noch lauter lachte. Aber insgeheim sah er sich vor. Er las Zeitungen mit größerer Aufmerksamkeit. Er hörte Radio, vor allem BBC und auch französische Sender. Er blieb öfter zu Hause, widmete sich wieder mehr seiner Tochter. Desirée war 1920 geboren worden. Bis sie etwa zehn Jahre alt war, hatte er sein kleines Mädchen, seinen Engel, angebetet und auf Händen getragen. Doch als sie älter wurde, schien sie seinen Lebenswandel zu kritisieren – jedenfalls kam es ihm so vor. Sie verlor nie ein Wort darüber. Nun suchte er ganz bewusst ihre Gesellschaft, interessierte sich, wofür sie sich interessierte, nahm Anteil an ihrem Leben. Und beobachtete genau, was rund um ihre kleine Familie herum geschah.

Als Bundeskanzler Kurt Schuschnigg am Abend des 11. März 1938 seine Abschiedsrede mit den historischen Worten „Gott schütze Österreich" hielt, war Arthur Rosenberg längst zur Flucht entschlossen. Er war sich im Klaren, dass er nicht länger warten durfte. Er hatte schon daran gedacht, als der Bürgerkrieg ausbrach. Er war nahe daran gewesen, als Schuschnigg von Hitler nach Berchtesgaden zitiert wurde. Aber da hatte er noch immer gehofft. Gegen alle Überzeugung, dass die Nazis auf jeden Fall in Österreich einmarschieren würden, hatte er sich noch immer gewehrt dagegen, aus Wien fortzugehen. Er war immer gerne gereist. Aber Wien war seine Heimat. Er wollte die Stadt nicht im Bewusstsein verlassen, dass er nie wieder zurückkommen könne. Aber es war klar, dass er jetzt nicht mehr länger zuwarten durfte.

Als er sich am Morgen des 12. März 1938 mit Desirée auf den Weg zum Westbahnhof machte, sah er auf der ersten Seite der „Wiener Zeitung" ein weißes Loch klaffen. Diese leere, der Zensur zum Opfer gefallene Stelle erschütterte ihn mehr als all die Berichte, die er in den letzten Jahren und Monaten verfolgt hatte. Dieses weiße Loch ließ keinerlei Interpretationen mehr zu. Dieses weiße Loch vermittelte unausweichlich, dass sein Leben, wie er es kannte, zu Ende war. Dass ihn der Wahnsinn, dem er seit der Schlacht an der Piave zu entfliehen versucht hatte, eingeholt hatte.

Dieses weiße Loch wog mehr als die Drohungen aus Berlin, denen die Regierung in Wien schon seit Monaten ausgesetzt gewesen war. Es wog mehr als das Gerücht, der Chef des Generalstabs des österreichischen Bundesheeres habe aus dem aktiven Dienst ausscheiden müssen, weil er Pläne für die Abwehr eines deutschen Angriffs entwickelt hatte. Es wog mehr als der Regierungseintritt der Nazis Seyss-Inquart und Glaise-Horstenau. Es wog mehr als die Freilassung verhafteter Nazis im Februar. Dieses weiße Loch ließ sich nicht wegargumentieren.

Arthur Rosenberg hatte geahnt, dass es dem Kanzler nicht mehr gelingen würde, das Ruder herumzureißen, obwohl nach der Ankündigung der Volksabstimmung eine Welle patriotischer Begeisterung durchs Land gegangen war. Sogar die Aussöhnung mit den Sozialdemokraten und mit den Kommunisten schien plötzlich möglich. Rosenberg hatte geahnt, dass es für die Volksabstimmung schon zu spät war. Hitler würde das nicht einfach hinnehmen.

Und er nahm es auch nicht hin. Während die Sozialisten, die Gewerkschafter und die Kirchen noch Aufrufe formulierten, mit Ja zu stimmen, machten die Nazis bereits auf den Straßen mobil. Hitler ließ den Einmarsch vorbereiten. Er rechnete damit, dass Schuschnigg einlenken würde. Und er rechnete richtig.

In der Nacht vom 11. zum 12. März verbrannten die Funktionäre im Haus der Vaterländischen Front Am Hof bereits Dokumente, die man nicht den Nazis in die Hände fallen lassen wollte. Ja, es war Zeit, höchste Zeit. Viele Nazi-Gegner machten sich fertig zur Flucht. Um 19 Uhr 30 lief das deutsche Ultimatum ab. Um 19 Uhr 47 hielt Schuschnigg seine Rede, mit der er seinen Rücktritt erklärte. Während der Nazi-Mob das Straßenbild in Wien beherrschte und die Menschenmenge vor dem Verkehrsbüro bei der Oper immer größer wurde, trat Seyss-Inquart vor das Mikrofon und stellte klar, dass er sich als Innenminister noch immer im Amt befinde. Kurz danach, um 20 Uhr 45, gab Hitler den schriftlichen Einmarschbefehl.

Um 23 Uhr sah auch Bundespräsident Miklas die Aussichtslosigkeit der Lage ein. Er betraute Seyss-Inquart mit der Fortführung der Geschäfte der Bundesregierung. Eine halbe Stunde später wehte am Polizeipräsidium am Schottenring bereits die Hakenkreuzfahne. Eine weitere Stunde später gab auch die Rathauswache den Widerstand gegen die Nazis auf. Da packten die Rosenbergs bereits ihre Koffer.

Sie saßen im Zug, noch ehe in den Morgenstunden des 12. März 1938 SS-Chef Heinrich Himmler und seine Truppe auf dem Asperner Flughafen landeten. Sie befanden sich schon zwischen Linz und Salzburg, als die SS mit der Verhaftung politischer Gegner begann. Und sie hatten den Bahnhof von Innsbruck gerade verlassen, als die SA die nach Osten abgehenden Züge auf freier Strecke nach Flüchtlingen zu durchsuchen begann.

Noch ehe die Rosenbergs, mit nichts als zwei Koffern, in denen sich Kleidung, Dokumente und ein wenig, aber wertvoller Schmuck und Goldmünzen befanden, Feldkirch in Vorarlberg erreichten, überschritt die Achte Armee des Deutschen Reiches die Grenze zu Österreich. Und noch ehe die Rosenbergs ihre Zollformalitäten erledigt hatten, rollte ein Wagen mit Adolf Hitler bei Braunau am Inn auf österreichisches Staatsgebiet.

Zu diesem Zeitpunkt trieben in Wien die neuen Machthaber Juden und politische Gegner bereits zu den berüchtigten „Reibpartien". Mit Bürsten und ätzender Lauge mussten sie unter dem Gejohle der Wiener die Schuschnigg-Parolen vom Straßenpflaster putzen.

Die heimischen Nazis blieben nicht lange auf den von ihnen eroberten Machtpositionen; sie wurden sehr schnell von Bonzen aus dem „Altreich" ersetzt. Und während Hitler auf dem Heldenplatz vor einer unübersehbaren Menschenmenge die „größte Vollzugsmeldung" seines Lebens erstattete, überboten sich die Österreicher mit Ergebenheitsadressen. Kardinal Innitzer rief die Katholiken der Erzdiözese Wien auf, Gott dem Herrn zu danken für die großen Umwälzungen. Der Präsident des evangelischen Oberkirchenrates begrüßte Hitler im Namen der evangelischen Deutschen in Österreich als Retter aus fünfjähriger schwerster Not. Und der Bischof der Altkatholischen Kirche „Deutschösterreichs" erließ die Verfügung, im Kanon des heiligen Amtes von nun an die Fürbitte für unseren Führer Adolf Hitler einzufügen.

Auch die Künstler konnten bei so viel Jubel nicht nachstehen. Karl Heinrich Waggerl dichtete, Zweifel am Führer und seiner Sendung seien von nun an ein Sakrileg. Karl Böhm, der Generalmusikdirektor, fand starke Worte für sein großdeutsches Bekenntnis. Paula Wessely freute sich sichtlich auf die Abstimmung am 10. April zugunsten Hitlerdeutschlands, und ihr Mann Attila Hörbiger assistierte ihr mit markigen Worten.

In Wien kam es zu wilden Raubzügen. Die Denunzierungen der ersten Tage nach dem Anschluss wurden bald sogar den Obernazis in Berlin zu viel. Noch bevor die Hitlerische Volksabstimmung abgehalten wurde, fuhren die ersten Züge in die Konzentrationslager.

In den Wochen, bevor Arthur Rosenberg mit seiner Tochter in den Zug gestiegen war, der sie aus Österreich hinausbringen sollte, hatte er viele Gespräche mit jüdischen Freunden geführt. Viele waren der Meinung gewesen, es werde nichts so heiß gegessen wie gekocht. Andere hatten gemeint, es werde ihnen nichts passieren, sie seien schließlich Wiener, hätten immer in dieser Stadt gelebt, unzählige Leute, denen sie vertrauten, würden sie kennen und schützen, wenn es hart auf hart kommen sollte.

An der österreichischen Grenze in Feldkirch wurden Arthur Rosenberg und seine Tochter aus dem Zug geholt und von zwei deutschen Gestapo-Leuten verhört. „Wohin fahren Sie?", schnauzte ihn der eine an. Rosenberg hatte Angst, aber es gelang ihm, ruhig zu antworten: „Nach Hause!" – „Was heißt nach Hause?", schrie der Gestapobeamte. Rosenberg zeigte ihm die französischen Pässe, die er sich in guten Zeiten gegen sehr viel Geld in Paris beschafft hatte. Die Pässe waren echt – ganz im Gegensatz zu den amerikanischen Pässen samt Visa, die er sich in die Schulterpolster seines Mantels hatte einnähen lassen. Er wollte gar nicht daran denken, was geschehen würde, wenn die Gestapo diese Dokumente entdeckte und als gefälscht erkannte.

In Paris lebten Arthur und Desirée Rosenberg in ihrer Wohnung an der Rue des Ursins. Aber es war kein ruhiges Leben, obwohl sie mehr Geld hatten als die meisten anderen Flüchtlinge. Arthur Rosenberg half, wo er nur konnte. Er nahm Kontakt mit Flüchtlingsorganisationen auf. Paris quoll über von Menschen aus aller Herren Länder. Und fast alle dachten nicht nur ans Überleben, nicht nur an den nächsten Tag, sondern an einen Ort, an dem man sich wirklich sicher fühlen konnte. Mit seinen gefälschten Papieren gleich nach Amerika weiterzureisen, wagte Rosenberg nicht. Zu sehr fürchtete er, mehr noch für seine Tochter als für sich, dass ein gescheiterter

Versuch ihnen diese Fluchtmöglichkeit ein für alle Mal verbauen könnte.

Andererseits beobachtete er sehr genau, was sich in der Welt ereignete, um nicht wieder – wie in Wien – von den Entwicklungen überrascht zu werden. Am 1. September 1939 begann Hitler seinen Krieg gegen Polen und bombte das Land in Schutt und Asche. Zwar erklärten daraufhin Frankreich und England Deutschland den Krieg, aber sie taten nichts weiter. Bereits wenige Wochen später wurden die vorrückenden Truppen wieder hinter die Maginot-Linie zurückgezogen. Der Sitzkrieg begann, und eine Zeit lang sah es aus, als würde es ewig dabei bleiben. Aber Anfang Mai 1940 nahm sich Hitler im Handstreich Dänemark und Norwegen, gleich darauf die Niederlande, Belgien und Luxemburg, und schließlich okkupierte er den Norden Frankreichs.

Als Frankreich am 22. Juni 1940 kapitulierte, befanden sich die Rosenbergs bereits in Sicherheit, in den Vereinigten Staaten. Aus der Ferne verfolgten sie, was geschah. Die deutsche Propaganda pries den Feldzug als neue, revolutionäre Taktik namens Blitzkrieg. Die Botschaft, es sei unmöglich, deutsche Truppen zu besiegen, wirkte Furcht einflößend. Die Besiegten unterstützten diese Darstellung, weil sie geeignet war, eigene Fehler und Versäumnisse zu vertuschen. Das starre Vertrauen darauf, die Maginot-Linie würde halten, hatte sich als die größte Schwäche der Alliierten erwiesen. Sie hatten, auf einen Stellungskrieg eingerichtet, einem Bewegungskrieg nichts entgegensetzen können, obwohl ihre Truppen zahlenmäßig überlegen und auch besser bewaffnet gewesen waren.

Aber, wie gesagt, diesmal hatte Arthur Rosenberg die Entwicklung besser eingeschätzt. Kurz vor Mitternacht am 12. Februar 1940 war er mit der „SS De Grasse“ aus dem Hafen von Le Havre hinausgefahren. Am 29. Februar 1940 trafen Arthur und Desirée Rosenberg in New York ein. Sie hatten zwar nur noch wenig Geld, aber Amerika schien ihnen sicher zu sein. Vielleicht der letzte Ort, wo sie gefahrlos leben konnten.

DIE RÜCKKEHR

Arthur Rosenberg war es erst im April 1950 möglich, nach Wien zurückzukehren. Bis dahin hatte er sich als technischer Zeichner in einem Architekturbüro in Manhattan über Wasser gehalten. Seine Tochter, die bis zu ihrer Flucht das Reinhardt-Seminar besucht hatte und Schauspielerin werden wollte, arbeitete als Fotografin. Es war ihr schnell klar geworden, dass sich ihr Wunsch, auf einer Bühne zu stehen und Schiller und Kleist zu deklamieren, nie erfüllen würde. Jetzt konzentrierte sie sich voll und ganz darauf, eine hervorragende Fotografin zu werden.

Da Rosenberg praktisch gleichzeitig mit dem Einmarsch Hitlers aus Österreich geflohen war, waren ihm die schlimmsten Gräuel der Nazis – zumindest aus eigener Wahrnehmung – verborgen geblieben. Er hatte davon gehört, ja, er hatte darüber gelesen, ja, aber er hatte es nicht selbst erlebt. Es fiel ihm schwer, sich vorzustellen, dass „seine" Wiener zu dem, was er erfahren hatte, fähig gewesen sein sollten.

Er fand Wien als Stadt größter Trostlosigkeit wieder. Die Straßen waren dunkel, kaum beleuchtet, und es war nass und kalt. Die Stadt hatte nichts mehr vom Flair der Vorkriegszeit. Es gab noch immer von Bomben und Granaten beschädigte Häuser. Es gab Brandruinen. Sogar der Stephansdom präsentierte sich in einem mitleiderregenden Zustand. 1945 war er schwer beschädigt worden. Es schockierte Rosenberg, das Dach noch immer teilweise zerstört zu finden, ebenso das Kreuzgewölbe des Chors und auch das große gotische Fenster der Westfassade. Aber noch schlimmer als den Zustand der Gebäude empfand er den Zustand der Menschen.

Schon bald nach Kriegsende hatte Rosenberg festzustellen versucht, was von seinem Vermögen noch übrig war. Aber es hatte sich herausgestellt, dass er von Amerika aus nichts ausrichten konnte. Er hatte das sogar verstanden. Die Behörden mussten völlig überfordert sein. Er hatte sich mit weiteren Anfragen zurückgehalten. Auch die Auskünfte seines Anwalts Felix Opretal, eines Freundes von früher, waren derart kryptisch, dass er sich schließlich entschloss, selbst nach Wien zu reisen.

Rosenberg kam ohne Aversionen nach Wien zurück. Er war weder entrechtet noch erniedrigt worden, noch waren, soweit er wusste, Verwandte von ihm im KZ ermordet worden. Das lag freilich daran, dass er keine Verwandten mehr hatte, sah man von seiner Tochter ab. Aber er war jedenfalls nicht traumatisiert, wie so viele andere, die durch das Nazi-Regime gelitten hatten.

Jetzt musste er sehr schnell erfahren, dass von der Vertreibung und Ermordung der Juden nicht nur Private profitiert hatten, sondern auch die öffentliche Hand. Er begegnete der Einstellung, Österreich habe als „erstes Opfer Hitler-Deutschlands" keine Veranlassung, Wiedergutmachung zu leisten. Da es Österreich zwischen 1938 und 1945 nicht gegeben habe, könne es auch nicht für den entstandenen Schaden verantwortlich gemacht werden.

Rosenberg wandte sich von einer Behörde zur anderen, und überall ließ man ihn, wie man in Wien sagt, auflaufen. Er rannte gegen Wände. Er erreichte nicht das Geringste. Wohin er auch kam, wurde zwar Verständnis für seine Lage geheuchelt: Man versprach, ihm zu helfen. Aber in Wirklichkeit wurden seine Anliegen verschleppt und verschlampt, was das Zeug hielt. Es dauerte nicht lange, bis er durchschaute, dass man ihn nicht versehentlich im Kreis schickte, sondern dass das Methode hatte. Obwohl er über Dokumente verfügte, Kontoauszüge, Vermögensaufstellungen, Nachweise für seine Beteiligungen und seinen Besitz, die eindeutig belegten, was ihm vor 1938 alles gehört hatte, schien das nichts zu nützen.

Im Wien der Nachkriegszeit war im Zusammenhang mit der Enteignung von Juden keine Rede von Opfern und Tätern. Die Wertvorstellungen der NS-Zeit dominierten noch immer die Sicht der meisten Beamten, mit denen er zu tun hatte. Die gewaltsame Veränderung der Besitzverhältnisse 1938 hatten sie als „gerecht" empfunden. Warum sollten sie jetzt ihre Meinung ändern, wo dies zu ihrem Nachteil zu geschehen drohte? Es dauerte eine Zeit lang, bis Rosenberg klar wurde, dass diese Beamten im Grunde selbst Profiteure gewesen waren.

Während der Nazi-Zeit – und auch danach – waren Gesetze erlassen worden, die aus dem Akt der Beraubung eine legale Handlung gemacht hatten. Die Bezeichnung „Arisierung" für Raub, Unterschlagung und Bereicherung war ja bereits zutiefst schönfärberisch. Rosenberg fand heraus, dass die meisten Betriebe, die ihm gehört hatten oder an denen er beteiligt gewesen war, unter Zwangsverwaltung gestellt und unter dem Vorwand schlechter Geschäftsgebarung geschlossen worden waren. Die Warenlager waren geplündert, die Bankguthaben einkassiert worden. Das wurde als ganz normaler Vorgang wirtschaftlichen Handelns hingestellt. Formal hatte alles seine beste Ordnung.

Die angeblichen Opfer hätten ihre Betriebe eben nicht im Stich lassen dürfen. Dass mit dem Verlust staatsbürgerlicher Rechte immer mehr Juden in eine Zwangslage geraten waren – was hatte Österreich damit zu tun? Dass Juden, egal, wie sie handelten, ständig von Bestrafung und Ermordung bedroht waren – welchem aufrechten österreichischen Beamten, der nur Gesetze vollzog, konnte das zum Vorwurf gemacht werden? Und dass viele Juden vollauf damit beschäftigt waren, Familienangehörige zu retten, und sich zwischen teuren Affidavits und horrenden Zahlungsvorschreibungen so mancher Familienbesitz in Luft auflöste – inwiefern könnte das Österreich zur Last gelegt werden? Das war die allgemeine Haltung. Arthur Rosenberg bekam sie überreichlich aus erster Hand serviert.

Nach dieser ernüchternden Erkenntnis entschloss er sich, seine Taktik zu ändern. Zuerst wollte er sich um seine Wohnung am Rathausplatz kümmern. Es stellte sich heraus, dass er bereits wenige Tage nach seiner Flucht „ordnungsgemäß" delogiert worden war.

Es gab sogar ein, wenn auch angesichts der Größe der Wohnung, karges Protokoll. Es beinhaltete die Adresse, die Anzahl der Zimmer und den Hinweis, diese seien mit verschiedenen Antiquitäten und Gemälden ausgestattet. Die übrigen Dokumente seines Aktes waren freilich noch viel verwirrender. Es sah aus, als hätte ein wahrer Dschungel an behördlichen Bestimmungen geherrscht. Es war aus den Akten nicht ersichtlich, ob jemand seine Wohnung übernommen hatte und, wenn ja, um wen es sich dabei handelte.

Da jeder, den die Nazis aufgrund der Nürnberger Rassegesetze als „jüdisch" definierten, der Vermögensverkehrsstelle eine detaillierte Aufstellung seiner Besitztümer per 27. April 1938 vorzulegen hatte, war in seinem Fall – er war zu diesem Zeitpunkt ja schon außer Landes – ein kommissarischer Verwalter bestellt worden. Es handelte sich um jemanden, den er kannte: seinen ehemaligen Nachbarn Franz Raffreider. Rosenberg hatte nur wenig Kontakt zu ihm gehabt. Man hatte sich im Stiegenhaus gegrüßt, das war alles. Deshalb war ihm neu, dass Raffreider illegaler Parteigenosse gewesen war.

Die vom Gesetz verlangte Aufstellung war also von Raffreider erstellt worden – und das ziemlich unzulänglich. Raffreider hatte einige, wenn auch bei Weitem nicht alle, Bilder, Möbel, Silberobjekte und Teppiche aufgelistet und sie auf einen Wert von 28.000 Reichsmark geschätzt. Er hatte beantragt, diese Wertgegenstände entsprechend einer Verordnung über die Anmeldung des Vermögens von Juden einzuziehen.

Bei einigen der Betriebe von Rosenberg waren ebenfalls kommissarische Verwalter eingesetzt worden. Die Absicht persönlicher Bereicherung war fast mit den Händen zu greifen. Mit der Behauptung, das von ihnen verwaltete Unternehmen sei nicht rentabel geführt gewesen – Investitionskredite etwa wurden regelmäßig als Überschuldung heruntergewirtschafteter Betriebe interpretiert –, gelang es den Verwaltern, sich ganz ohne Entgelt in den Besitz der enteigneten Firmen zu setzen.

Rosenberg hatte beispielsweise ein Kaffeehaus in der Herrengasse besessen. Es war ein beliebter Treffpunkt der Beamtenschaft der Behörden in der näheren Umgebung und ziemlich profitabel gewesen. Auch hier war ein kommissarischer Verwalter eingesetzt worden. Und mit dem Café war es schnell bergab gegangen. Am 15. Mai 1938 war es mit Einverständnis der Gast- und Schankgewerbezunft geschlossen worden, denn da sei es als „reiner Judenbetrieb" schon so passiv gewesen, dass nicht einmal mehr die laufenden Löhne bezahlt hätten werden können.

Daraufhin wurden das Inventar und die Warenvorräte durch die Hausbesitzer versteigert und ein neuer kommissarischer Verwalter bestellt. Dieser neue Verwalter war freilich von der Versteigerung erst gar nicht informiert worden. Daraufhin protestierte der erste Verwalter, natürlich ein Parteigenosse, und machte sich zum Fürsprecher der Angestellten. Er zeigte die Hausbesitzer bei der Vermögensverkehrsstelle an und plädierte dafür, beim Exekutionsgericht zugunsten der Angestellten zu intervenieren.

Gleichzeitig unterbreitete der zweite Verwalter, ein Parteigenosse aus dem Altreich, Vorschläge für eine bessere Nutzung des Cafés. Es solle zu einem Tanzcafé umgebaut werden und durch niedrige Preise auch den kleinen Mann zum Besuch einladen. Mit einer Tanzkapelle könne man es schnell wieder erfolgreich führen, es gebe in München mit dieser Betriebsform bereits beste Erfahrungen.

Voraussetzung dafür sei freilich, dass die Miete herabgesetzt werde. Und dass die angehäuften Schulden bei Krankenkasse, Bund, Gemeinde Wien und Lieferanten getilgt würden, weil der völlig heruntergewirtschaftete Betrieb, der derzeit ja sogar geschlossen sei, keinen Wert besitze. Aus den Dokumenten entnahm Rosenberg, dass sein Kaffeehaus liquidiert worden war. Und er entnahm, dass es kurz darauf wie Phönix aus der Asche gestiegen war – wiedereröffnet als reines Kaffeehaus. Nur gehörte es jetzt, völlig legal, nicht mehr ihm.

Völlig legal waren ihm auch seine Anteile an zwei Bankhäusern und eine Beteiligung bei einer Versicherung geraubt worden. Die Nazis hatten eine Vielzahl von Abgaben erfunden, die nur dem Zweck dienten, die Enteignung von privaten Profiteuren weg in den Einflussbereich von Finanzbehörden zu lenken. Juden mussten nicht nur eine „Judenvermögensabgabe“, sondern, wenn sie auswandern wollten, auch eine „Reichsfluchtsteuer“ bezahlen. Ja, sie mussten sogar für die Schäden der Novemberpogrome in Form einer „Sühneabgabe“ aufkommen.

In seinem Steuerakt fand Arthur Rosenberg folgende Feststellungen: „Der obgenannte, nach Paris ausgewanderte Jude hat in seinem zur Bemessung der Judenvermögensabgabe gelegten Vermögensverzeichnis einbekannt, Bilder, Möbel, Silberobjekte und Teppiche im Wert von 28.000 Reichsmark zu besitzen. Aus dem Bemessungsakt ergibt sich keinerlei Anhaltspunkt, durch den festgestellt werden könnte, in wessen Verwahrung sich diese Wertgegenstände befinden. Es wird amtsseitig daher um Mitteilung ersucht, wer diese Werte verwahrt hält. Sie bilden nämlich nunmehr die einzige Möglichkeit, durch die die von dem Juden zu leisten gewesene Vermögensabgabe einbringlich gemacht werden könnte.“

Eine Erledigung fand Rosenberg in seinem Steuerakt nicht. Es schien sich niemand mehr darum gekümmert zu haben. Beim Meldeamt stellte Rosenberg fest, dass ihm mittlerweile auch die Staatsbürgerschaft aberkannt und sein Vermögen für „dem Deutschen Reich verfallen“ erklärt worden war. Sein ganzer Besitz, die Kunstgegenstände, die Wertpapiere, die Möbel, Teppiche und das Silber, die Beteiligungen an Banken und Firmen, alles war zur Bezahlung der Reichsfluchtsteuer, zur Ordnung offener inländischer Verbindlichkeiten, zur Bezahlung der Auswanderungsspesen und zur Abdeckung angeblicher Steuerrückstände beschlagnahmt worden. Dazu war, wegen verspäteter Bezahlung, 20 % Bußgeld gekommen.

Zuständig dafür war die Dienststelle für die Einziehung verfallener Vermögenswerte im Finanzamt Moabit-West in Berlin. Die bei einer Spedition eingelagerten Einrichtungsgegenstände waren durch die „Verwertungsstelle für jüdisches Umzugsgut der Gestapo“, die Vugesta, übernommen und dem staatlichen Auktionshaus Dorotheum zur Versteigerung übergeben worden. Der dort erzielte Auktionserlös war dem Finanzamt schon vor Jahren ausbezahlt worden.

Wohin immer Rosenberg sich wandte, er rannte gegen Mauern. Zum ersten Mal in seinem Leben erlebte er Antisemitismus, der sich gegen ihn ganz persönlich richtete. Er hatte nicht den Eindruck, dass irgendjemand ihm helfen wollte. Er hatte nicht das Gefühl, dass irgendjemand ein schlechtes Gewissen hatte, weil ihm sein ganzes Vermögen gestohlen worden war. In den Amtsstuben saßen dieselben Leute wie zu Zeiten des Dritten Reichs. Dieselben Leute wie zu Zeiten des Ständestaates. Sein Anwalt erklärte ihm, dass sein Ansinnen fast aussichtslos sei. Es sei sinnlos, mit den Profiteuren zu verhandeln – warum sollten sie, uneinsichtig und durch Gesetze geschützt, freiwillig etwas zurückgeben? Der Anwalt machte ihm klar, dass er sich darauf einstellen müsse, sich über Jahre mit opponierenden österreichischen Behörden herumzuschlagen.

Der Anwalt klärte ihn auch darüber auf, dass sich seine Position kaum verbessern würde, sollten nicht Behörden, sondern Private Teile seines Vermögens „arisiert" haben. Er würde nach der aktuellen Rechtslage nämlich gezwungen sein, den „Käufern" seines Eigentums den „Kaufpreis" zurückzuzahlen. Dass er diesen „Kaufpreis" gar nie erhalten habe, ändere nichts daran.

Dieser Kaufpreis war, wenn überhaupt, auf Sperrkonten der Nazibehörden einbezahlt worden. Rosenberg dachte nicht daran, den Tätern sein Eigentum abzukaufen. Er redete sich ein, dass er das nicht einmal dann tun würde, wenn er finanziell dazu in der Lage wäre. Aber das war ohnedies eine eher theoretische Frage: Denn finanziell war er schon lange zu nichts mehr in der Lage. Wie hoch immer die von den Tätern geforderten Summen sein würden – für ihn waren sie zu hoch. Er hatte kaum noch Geld.

Arthur Rosenberg entschloss sich deshalb schon nach relativ kurzer Zeit, wieder in die USA zurückzukehren. Er verlor nie wieder ein Wort über sein verlorenes Vermögen. Freunde erzählen, er habe von da an nie wieder über Wien gesprochen. Er lehnte es ab, sich damit auseinanderzusetzen. Lediglich das „Mädchen mit Hut", das er in seinem Arbeitszimmer gegenüber seinem Schreibtisch aufgehängt gehabt hatte, vermisste er zuweilen.

DER ARISEUR

Franz Raffreiders NS-Engagement begann bereits 1933 in der verbotenen Hitlerjugend, wo er bald zum Fähnleinführer avancierte. 1935 wurde er wegen illegaler nationalsozialistischer Betätigung kurzfristig verhaftet. Ab 1936 war er Mitglied des NSD-Studentenbundes und wurde in der Folge Kameradschaftsführer. 1937 trat er der NSDAP und SS bei und galt somit – nach dem Anschluss – als „Alter Kämpfer". Nach 1945 galt er als Hochverräter – aber nur für relativ kurze Zeit.

Bei seiner Gerichtsverhandlung im Jahr 1949 sagte er aus, er sei bereits 1937 von der NS-Bewegung enttäuscht gewesen und gerade deshalb der SS beigetreten, weil diese in seinen Augen eine elitäre Formation gewesen sei, in der noch Ideale hochgehalten wurden. Ab 1938 gehörte er dem Sicherheitsdienst der SS an, dessen Aufgabe vor allem in der Bespitzelung und Bekämpfung politischer Gegner und der jüdischen Bevölkerung bestand. Raffreider bestritt, damit irgendetwas zu tun gehabt zu haben. Er bestritt überhaupt alles, was ihm nicht nachgewiesen werden konnte.

Dass er als V-Mann des SD, des Sicherheitsdienstes des Reichsführers, tätig war, konnte ihm allerdings nachgewiesen werden – für seine Spitzeltätigkeit existierten Belege. So fanden sich kritische Beurteilungen von drei Professoren der Universität Wien, die an den SD Berlin weitergeleitet worden waren. Über den NSD-Studentenbund schrieb Raffreider, dieser sei für jeden Einsatz geeignet. Aus seinem NSDAP-Gaupersonalakt ging hervor, dass man ihn für politisch vollkommen einwandfrei hielt. Das konnte er zwar nicht bestreiten, aber er könne, verantwortete er sich, schließlich nicht für die Einschätzungen anderer zur Verantwortung gezogen werden. Zur Verantwortung gezogen werden könne er nur für das, was er tatsächlich selbst getan habe.

Denn mit den Novemberpogromen 1938 habe sich seine Einstellung zum Nationalsozialismus radikal gewandelt; er habe begonnen, gegen das Regime zu arbeiten. Er habe Befehlsverweigerung und Sabotage betrieben, sei jedoch – zu seinem Glück – unentdeckt geblieben. Tatsächlich nahm er bis zum Morgen des 10. November 1938 als SS-Mann an den Pogromen teil. Er drang in jüdische Wohnungen ein. Er bewachte verängstigte Menschen. Er vergriff sich an ihren Wertsachen. Er demolierte ihre Habseligkeiten. Er brachte Juden zur Polizei – im Prozess erklärte er, sie nur begleitet und nicht verhaftet zu haben.

Während Raffreider also zum Widerstandskämpfer avanciert sein und Sabotage und Wehrkraftzersetzung betrieben haben wollte, schob er Wachdienste im Polizeigefängnis, kontrollierte Ausweise von Passanten in der Innenstadt und befand sich unter den Besetzern des arisierten Palais Rothschild, in dem später Eichmanns „Zentralstelle für jüdische Auswanderung“, also die Zentrale für die Beraubung und Vertreibung der österreichischen Juden, untergebracht wurde.

Vor Gericht räumte er dies auch ein, bestand aber gleichzeitig darauf, der Widerstandsgruppe um Gustav Karl Weidner angehört zu haben. Er habe sich ganz bewusst nicht in die Mitgliedsliste aufnehmen und auch nicht wie alle anderen Aktivisten vereidigen lassen. Dass die Gruppe verraten wurde, damit habe er selbstverständlich nichts zu tun gehabt. Weidner und einige andere Mitglieder wurden hingerichtet. Einige landeten im KZ. Raffreider blieb unbehelligt. Das war 1940.

Von den ins KZ gebrachten Mitgliedern der Widerstandsgruppe überlebte nur Hannelore Paltinger. Sie wusste nichts von einer Mitgliedschaft Raffreiders. Dieser konnte auch kaum konkrete Fakten für seine Widerstandstätigkeit liefern. Das Wenige, das er dazu sagte, ließ sich nicht nachweisen oder erwies sich nachträglich als falsch.

Im Oktober 1940 wurde Raffreider zur Wehrmacht eingezogen und an die sowjetische Front versetzt. Er verlor einen Arm und kam im Februar 1942 zurück nach Wien. Nach der Rückkehr von der Front erteilte er Versehrten „Nationalpolitischen Unterricht“. Er dinierte bei Ernst Kaltenbrunner, der 1946 als einer der Hauptkriegsverbrecher hingerichtet wurde.

Im September 1942 wurde Raffreider Referendar an der Nationalbibliothek, setzte aber gleichzeitig seine Unterrichtstätigkeit fort. Bei seiner Verhandlung führte er aus, er habe sich – als Akt seines Widerstands – geweigert, Hitlers „Mein Kampf“ zu behandeln, und sich stattdessen mit germanischen Sagen und den Werken von Josef Weinheber beschäftigt. Er berichtete von regimekritischen Äußerungen, derentwegen er denunziert worden sei. Ins Gefängnis geworfen wurden allerdings nur die Denunzianten.

Nach der Befreiung Wiens hatte Raffreider anfangs große Probleme, Zeugen seines vermeintlichen Widerstands zu finden. Bekannte wandten sich ab, sobald sie von seiner SD-Mitgliedschaft erfuhren. Während andere, teils viel schwerer belastete Nazis „Persilscheine“ sammelten, fiel es ihm schwer, entlastende Fakten vorzulegen. Er fand auch kaum jemanden in gehobener Position, der für ihn einzutreten bereit war. Da fiel ihm die Familie Rosenberg wieder ein, mit der ihn über lange Jahre ein freundschaftliches, ja herzliches Verhältnis verbunden habe. Ja, er sei es gewesen, der der Familie in letzter Sekunde nicht nur zur Flucht geraten, sondern diese sogar ermöglicht habe.

Im Registrierungsblatt zur Verzeichnung der Nationalsozialisten gemäß Verbotsgesetz 1947 hatte Franz Raffreider noch seine NSDAP- und SS-Mitgliedschaften bis 1945 angegeben. In Nürnberg nahmen die Alliierten die SS und den SD in die Liste verbrecherischer Organisationen auf. Deren Mitglieder sollten schon allein aufgrund ihrer Zugehörigkeit gerichtlicher Verfolgung und Bestrafung unterliegen; wegen der zahllosen Gräueltaten dieser Organisationen wurde ihr verbrecherischer Charakter für jedes Gerichtsverfahren als erwiesen angenommen.

1950 beantragte Raffreider, kurz nachdem der gegen ihn angestrengte Prozess mangels an Beweisen eingestellt worden war, die

Streichung seiner Eintragung als SS-Angehöriger mit der Behauptung, er sei nie bei der SS gewesen. Er hatte, was ihn selbst erstaunte, Erfolg damit. Wenig später wurde er zum stellvertretenden Direktor des Gisela-Spitals bestellt und, nach der Pensionierung seines Vorgängers, dessen Direktor.

Raffreider war ein kräftiger Mann, mit frühzeitig schneeweiß gewordenem Haar, das er militärisch kurz trug, und stets tief gebräunter Haut, was auf sein Hobby, Bergwandern, zurückzuführen war. Er neigte zu schnellen Entscheidungen, die er dann mit großer Energie und Härte durchzusetzen verstand. Gab es Probleme, konnte seine Stimme bellen wie auf einem Kasernenhof. Die Ärzteschaft bekam solche Wutausbrüche allerdings nie zu spüren; sie schätzte ihn als einen hervorragenden Organisator, der alles, was benötigt wurde, auf kurzem Weg zu beschaffen verstand.

Zuweilen lud er Ärzte, Universitätsprofessoren und hohe Beamte des Gesundheitsministeriums zu sich in seine große, mit erstklassigen Antiquitäten und Gemälden ausgestattete Wohnung am Rathausplatz ein und erzählte von seiner Zeit als Widerstandskämpfer. Die Antiquitäten waren großteils die gleichen, mit denen auch Arthur Rosenberg gelebt hatte. Die Gemälde waren andere.

Manchmal, meist erst zu vorgerückter Stunde, erklärte Franz Raffreider seinen Gästen sein Geschichtsbild: Er machte die angebliche profaschistische Haltung maßgeblicher britischer Politiker für den Untergang Österreichs verantwortlich. Im Grunde, sagte er, sei Chamberlain ein Kumpel Hitlers gewesen. Im Grunde wären auch die demokratischen Staaten so nationalistisch wie Hitler-Deutschland gewesen. Und gegen einen starken Mann, der die Richtung vorgebe und für Ordnung sorge, sei prinzipiell auch nichts einzuwenden. Die Menschen bräuchten Führung. Hitler sei nur zu weit gegangen. Sein Fehler sei nicht das politische System gewesen, sondern dass er sich gleichzeitig mit zu vielen Staaten angelegt hätte.

Die Gründung des VdU, des sogenannten Verbandes der Unabhängigen, in Wahrheit eine Sammelpartei ehemaliger Nazis, begrüßte er freudig und erklärte dies mit dem Grundwert der Freiheit, der in dieser Partei eine besonders hohe Wertschätzung genieße und für die er als Widerstandskämpfer in der Nazizeit sein Leben riskiert habe.

Niemand stellte seine einwandfreie politische Gesinnung je wieder infrage.

DER RAUBZUG

Durch die nationalsozialistische Gewaltherrschaft in Österreich wurden zwischen 1938 und 1945 mehr als 65.000 Jüdinnen und Juden ermordet und rund 130.000 vertrieben. Ein Aspekt dieses Verbrechens bestand darin, all diese Menschen ihres Eigentums zu berauben. Die Nazis nannten das „Arisierung". Der Begriff hat sich bis heute gehalten.

Die wichtigsten Drehscheiben bei diesem Raubzug gegen Zigtausende Österreicher waren die Vugesta, die „Verwertungsstelle für jüdisches Umzugsgut der Gestapo", und das Dorotheum. Die Gründung der Vugesta ging auf eine Initiative der österreichischen Speditionswirtschaft zurück, sobald ihr das logistische Ausmaß des Abtransportes von Abertausenden Wohnungseinrichtungen bewusst wurde. Das Auktionshaus Dorotheum gab es damals schon seit mehr als 230 Jahren. Es hatte eine lange Tradition als Pfandleihanstalt und unterhielt Filialen in allen Wiener Gemeindebezirken. Für die Verwertung von Wohnungseinrichtungen und Kunstobjekten in großem Stil eignete es sich ganz ausgezeichnet.

Der Raubzug war so gigantisch, dass er einer gesetzlichen Basis bedurfte. Die Beamten benötigten „Rechtsvorschriften" als Handlungsanleitungen. Diese Rechtsvorschriften hatten außerdem den Vorteil, gegenüber der Bevölkerung als Rechtfertigung zu dienen. Auch Menschen, die mit Antisemitismus nichts am Hut hatten und sich nie an fremdem Eigentum vergriffen hätten, wurden auf diese Weise Schritt für Schritt korrumpiert. Die Verfolgung von Juden konnte so immer offener und brutaler betrieben werden, ohne dass sich deshalb je nennenswerte Kritik erhoben hätte.

Der erste Schritt war, scheinlegale Grundlagen für Sicherstellungen, Beschlagnahmungen, Einziehungen und den Verfall von jüdischem Vermögen zu schaffen. Diese Vermögen wurden schlicht und einfach als volks- und staatsfeindlich bezeichnet. Dazu gab es erzwungene Verträge, Steuerforderungen, insbesondere die Judenvermögensabgabe und die Reichsfluchtsteuer, und Zwangsexekutionen. Den Opfern wurde sogar das Aufbrechen der Wohnungstüren in Rechnung gestellt.

Als das große Morden begann, hielten sich die Nazis nicht länger mit Bescheiden und langwierigen, individuellen Verfahren auf. Von nun an schufen sie generelle Vorschriften. Juden, die ihren „gewöhnlichen Aufenthalt“ im Ausland hatten, also geflüchtet waren, verloren ihre Staatsbürgerschaft. Der Verlust der Staatsbürgerschaft war mit einem totalen Vermögensverfall verbunden. Als Ausland galten übrigens auch Gebiete, die die Deutschen besetzt hielten; auch die Vernichtungslager zählten dazu.

Die Vugesta hatte die Aufgabe, das Eigentum all jener zu beschlagnahmen, denen die Flucht ins Ausland gelungen war oder die in Konzentrationslagern gefangen gehalten wurden. Mit der Aberkennung der Staatsangehörigkeit war deren Umzugsgut plötzlich herrenlos. Die Speditionen, bei denen es lagerte, hatten es zwar mit horrenden Kosten belastet, aber nun ging es darum, endlich Kasse zu machen. Um möglichst viel aus diesem Geschäft herauszuholen, wurde beschlossen, dass jedes Umzugsgut nicht nur für seine eigenen Kosten haften solle, sondern die gesamten Umzugsgüter für alle Kosten.

Alles, was beschlagnahmt worden war, sollte versteigert werden. Da die Kapazität des Dorotheums dafür nicht ausreichte, wurden zwei Hallen auf dem Messegelände und in den Sophiensälen eingerichtet. Kunstwerke wurden allerdings ausnahmslos im Dorotheum versteigert. Für sie galt auch ausnahmslos der sogenannte „Führervorbehalt“. Ehe über die Verteilung entschieden werden konnte, musste Hitler die Möglichkeit gehabt haben, auszuwählen, was er für sich beanspruchen wollte. Das dämmte die Sammelwut anderer Nazi-Bonzen zwar etwas ein, konnte eine blühende Günstlings- und Privilegienwirtschaft aber nicht verhindern. Immerhin fand dies alles ja in Wien statt.

Gegen Ende 1942 war das Umzugsgut verteilt. Die Gestapo wollte nun auch die Wohnungseinrichtungen der Deportierten ähnlich effizient geräumt und veräußert wissen. Der Vugesta passte das allerdings überhaupt nicht ins Konzept – für die Spediteure war dabei einfach nicht genug zu verdienen. Als Hauptakteure der Wohnungsräumungen traten deshalb Schätzmeister auf.

Im Juli 1943 tauchte einer dieser Schätzmeister, Leopold Grimm, in der Wohnung von Arthur Rosenberg am Rathausplatz auf. Franz Raffreider öffnete ihm. Er wohnte hier schon seit dem 1. April 1938. Es gefiel ihm gar nicht, dass er sich von „seiner" schönen Einrichtung trennen sollte. Die beiden Parteigenossen fanden allerdings bald eine Lösung. Ein Großteil der Möbel sollte in der Wohnung verbleiben, ein Großteil der Bilder abtransportiert werden. Sie loszuwerden, fiel Raffreider relativ leicht. Einerseits räumte er ein, nichts von Kunst zu verstehen; andererseits argwöhnte er, das eine oder andere Bild könne entartet sein – und damit wolle er nichts zu tun haben. Eines der Bilder, die abgeholt wurden, war das „Mädchen mit violettem Hut".

Die Entscheidung, was damit geschehen solle, war Berlin vorbehalten. Hitler wählte aus den beschlagnahmten Kunstsammlungen allerdings nicht nur Bilder für sein Führer-Museum in Linz aus; vom „Führer-Vorbehalt" profitierten auch andere Museen. Um die begehrtesten Objekte setzte ein regelrechter Wettlauf mit eigenen Wunschlisten ein.

Noch im November 1943 entschied die Reichskanzlei, dass das „Mädchen mit violettem Hut" dem Historischen Museum der Stadt Tulln zuzuteilen sei. Die Museumsleitung in Tulln geriet darob fast aus dem Häuschen. Irrigerweise glaubte man dort, dass mit der Übersendung des Bildes gleich auch dessen Zuspruch verbunden sei. In einem Dankesbrief zeigte man sich „begeistert von diesem herrlichen Bild, welches dem Museum zur größten Zierde gereichen wird". Obwohl sich die Zentralstelle mit der Klarstellung beeilte, dass von einer kostenlosen Überlassung keine Rede sein könne und das Bild vorerst als „Leihgabe" zu betrachten sei, feierte die Lokalzeitung bereits die „Heimkehr eines Meisterwerks eines großen Sohnes der Stadt".

Tatsächlich wurde das Museum später aufgefordert, einen Kaufpreis von 2.000 Reichsmark für das „Mädchen" auf ein Sperrkonto einzuzahlen. Fortan wurde es unter dem Titel „Rechtmäßig erworbenes Eigentum" in den Bestandslisten geführt. Die Museumsbeamten hielten sich hier wie anderswo nicht mit der Frage auf, was nun wirklich Museumseigentum war, was aus zweifelsfreien oder zweifelhaften Ankäufen stammte, was auf Zuteilungen zurückging, auf Schenkungen, und was eindeutig Raubkunst war. Vor allem die mit den verstärkten Bombenangriffen nötig werdende Bergung wertvoller Kulturgüter bestärkte die guten Leute in der Ansicht, alle in ihre Obhut gelangten Kunstwerke gehörten von nun an zum musealen Inventar.

Nach 1945 änderte sich an dieser Auffassung nichts.

Das Historische Museum der Stadt Tulln hielt es jedenfalls nicht für nötig, nach Kriegsende seiner gesetzlichen Anmeldepflicht für entzogenes Vermögen nachzukommen. Auch der Versuch Arthur Rosenbergs im Jahr 1950, seine Kunstwerke zurückzuerhalten, schlug sich im Archiv des Museums nicht nieder. Es gab lediglich eine Aktennotiz, dass ein Rechtsanwalt namens Opretal einen Rückforderungsantrag gestellt habe. Doch dabei blieb es, abgesehen von einem knappen Schriftverkehr zwischen dem Museum und der Finanzprokuratur.

Im November 1951 entschied die Rückstellungskommission beim Landesgericht für Zivilrechtssachen in Wien auch prompt auf Abweisung des Antrags Rosenbergs. Das Oberlandesgericht änderte knapp ein Jahr später allerdings überraschend diese Entscheidung. Einer Beschwerde des Antragstellers wurde Folge geleistet und die Republik Österreich für schuldig erkannt, das Ölgemälde „Mädchen mit violettem Hut" Zug um Zug gegen Bezahlung eines Betrages von 2.000 Schilling zurückzustellen.

Das Gericht kam zur Auffassung, Arthur Rosenberg habe nach den nationalsozialistischen Gesetzen als Jude gegolten und gehöre daher zu den durch den Nationalsozialismus politisch verfolgten Personen. Der Kauf des Gemäldes durch das Historische Museum der Stadt Tulln begründe daher eine Entziehung im Sinne des Dritten Rückstellungsgesetzes.

Ehe das Bild jedoch wieder in die Obhut Rosenbergs gelangen konnte, musste ein Antrag auf Bewilligung der Ausfuhr gestellt werden. Das geschah Anfang 1953. Schon wenige Tage später lehnte das Bundesdenkmalamt den Ausfuhrantrag ab. Als Opretal als Anwalt Rosenbergs dagegen Beschwerde erhob, begründeten die Beamten die Notwendigkeit des Ausfuhrverbotes.

Die von Rosenberg angegebenen Beschwerdegründe, er habe durch seine erzwungene Ausreise im Jahre 1938 sein Vermögen, seine Wohnung und viele Kunstwerke, die er seinerzeit gesammelt habe, verloren und wolle nun insbesondere das „Mädchen mit violettem Hut“, an dem er besonders gehangen habe, zur Erinnerung an frühere Zeiten an seinen derzeitigen Wohnort New York bringen, könnten das Bundesdenkmalamt, schrieb dessen Präsident Otto Dietrich, trotz der Würdigung seiner persönlichen Gefühle nicht veranlassen, der Ausfuhr dieses Bildnisses, dessen künstlerischer Wert für den österreichischen Kunstbestand unersetzlich sei, zuzustimmen.

Es kam zu einer Besprechung mit Opretal, dem Anwalt Rosenbergs, im Bundesdenkmalamt. Dietrich machte unmissverständlich klar, dass er nicht bereit sei, auch nur den geringsten Spielraum einzuräumen. Sollte versucht werden, den Schiele im Inland zu verkaufen, würde man ihn sofort unter Denkmalschutz stellen, um jederzeit über den Aufenthaltsort informiert zu sein. Die Botschaft hinter dieser Stellungnahme war klar: Das Museum in Tulln wollte das Bild behalten. Das Bundesdenkmalamt würde es dabei nach Kräften unterstützen.

Im April 1953 fand im Unterrichtsministerium eine weitere Besprechung in dieser Causa statt. Neben Dr. Felix Opretal nahmen der Präsident des Bundesdenkmalamtes, Hofrat Dr. Otto Dietrich, und der Direktor des Historischen Museums der Stadt Tulln, Professor Ernest Puhrmann, daran teil. Den Vorsitz führte Ministerialrat Dr. Jakob Hilfgott.

Opretal trug seine Beschwerde gegen das Ausfuhrverbot vor und erklärte, für seinen Mandanten stelle das Bild von Egon Schiele den spärlichen Rest seines seinerzeitigen Besitzes dar, der ihm bei einem Verkauf seinen Lebensabend sichern helfen könne. Dennoch sei er bereit, das Bild zu einem geringeren als dem Weltmarktpreis – er ging von 5.000 US-Dollar aus – an das Tullner Museum zu verkaufen, wenn er gleichzeitig andere Bilder aus seinem Besitz zurückerhalte und ausführen dürfe. Unter diesen Umständen sei sein Mandant bereit, auf Rückforderungsansprüche hinsichtlich aller sonst beschlagnahmten und an Museen oder andere öffentliche Stellen übergebenen Kunstgegenstände zu verzichten.

Das Bundesdenkmalamt stellte klar, über etwaige Ansuchen um Ausfuhrbewilligung erst nach Abschluss der Tauschverhandlungen zu entscheiden. Opretal machte sich keine Illusionen über seine Verhandlungsposition. Wegen des Junktims von Tauschverhandlung und Ausfuhrbewilligung konnte er sich Unnachgiebigkeit nicht leisten. Wenn er überhaupt etwas für seinen Mandanten erreichen wollte, musste er nachgeben.

Schon im Juni 1953 stimmte die „Galerie-Tauschkommission" dem Antrag der Direktion des Historischen Museums der Stadt Tulln zu, das Gemälde „Mädchen mit violettem Hut" von Egon Schiele auf folgende Weise vor der Verbringung ins Ausland zu „retten": Arthur Rosenberg solle zwei Aktzeichnungen von Anton Faistauer, ein Porträt von Max Oppenheimer und ein in Öl ausgeführtes Stillleben von Herbert Boeckl zurückerhalten. Weiters sollten einem New Yorker Kunsthändler zwei Bilder aus dem Bestand des Tullner Museums übergeben werden, aus deren Verkaufserlös Rosenberg 2.000 US-Dollar direkt von diesem Kunsthändler erhalten solle.

Aus der Sicht der Tauschkommission gab es für diesen Deal nur Vorteile: Die Bilder, die zurückgegeben würden, wurden als eher entbehrlich angesehen, eines davon, der Oppenheimer, überhaupt für einen Nonvaleur. Für die übrigen aus dem Besitz Rosenbergs stammenden Kunstobjekte stellte die Einigung einen Rückstellungsverzicht dar, der sonst durch Erteilung von Ausfuhrbewilligungen erst erkauft hätte werden müssen.

Felix Opretal stimmte der Vereinbarung zu. Er sah keine Alternative. Es gab wohl auch keine. Gegenüber seinem Mandanten sprach er von einem Gentlemen's Agreement. Sogar sein Honorar von 1.800 Schilling wurde aus dem Verkaufserlös der beiden nach New York geschickten Bilder durch das Tullner Museum abgedeckt.

Arthur Rosenberg, zu diesem Zeitpunkt immerhin schon fast siebzig Jahre alt, weitgehend mittellos und seelisch und körperlich ausgelaugt, nahm das von seinem Anwalt Erreichte stillschweigend zur Kenntnis. Er ließ sich die beiden Akte von Faistauer, den Oppenheimer und den Boeckl nach New York schicken und verlor nie mehr ein Wort über das „Gentlemen's Agreement". Freunde sagen, er sei auch nie mehr bereit gewesen, über seine alte Heimat Wien auch nur ein Wort zu verlieren.

DIE RESTITUTION

Oskar Helmer war von 1945 bis 1959 österreichischer Innenminister. Seine antisemitischen Neigungen waren kein Geheimnis. Sobald ihm klar wurde, dass ein beträchtlicher Teil der „Arisierungen" nicht von Nazis, sondern von den eigenen Behörden und Mitbürgern zu verantworten war, gab er die Parole aus, „die Sache in die Länge zu ziehen". Die Rückstellung des Eigentums an die Opfer des NS-Regimes sollte mit allen bürokratischen Mitteln verhindert und, dort, wo sie nicht zu verhindern war, verzögert werden.

Ganz entziehen konnte man sich den Rückstellungsforderungen freilich nicht. Immerhin war Österreich bis 1955 ein besetztes Land, und die Amerikaner hatten mehr als nur ein Wörtchen mitzureden, wenn es um die Wiederherstellung rechtmäßiger Eigentumsverhältnisse ging. Dabei kollidierten allerdings die unterschiedlichen amerikanischen und europäischen Rechtsauffassungen in Eigentumsfragen. Während man in den USA Eigentum an gestohlenem Gut überhaupt nicht erwerben kann, kann man es in Österreich ersitzen – und ist überhaupt aus dem Schneider, wenn man nachweisen kann, das Diebsgut bei einem „gewerblichen Gewährsmann", also einem Kunst-, Antiquitäten- oder Altwarenhändler, gekauft zu haben.

Helmer stand mit seiner Meinung beiliebe nicht allein. Viele in der österreichischen Hoheitsverwaltung dachten wie er. Und im Verzögern, Verschleppen, Verhindern und Hintertreiben verfügen österreichische Beamte seit jeher über reiche Erfahrung und eine Fülle an Methoden.

Man begann damit, die Rückstellung des Eigentums an die Nazi-Opfer nicht in einem umfassenden Gesetz zu regeln, sondern über einen unglaublich langen Zeitraum Stück für Stück, Materie für Materie. Die Fristen, um Anträge einzubringen, umfassten jeweils meist nur wenige Monate. Anträge mussten nicht bei einer, sondern bei gänzlich unterschiedlichen Behörden eingebracht werden. Für die Betroffenen – insbesondere für jene, die außerhalb Österreichs lebten, und das waren die meisten – war es fast unmöglich, die Übersicht zu behalten. Nicht zufällig endeten überproportional viele Verfahren mit Vergleichen, da die Prozessführung aus dem Ausland für die Opfer teuer und schwierig war, sodass sie sich oft mit einer für sie nachteiligen Ablöse ihres Eigentums zufriedengaben.

Schadenersatzansprüche wurden nur für Wertpapiere, Bankkonten und Geschäftseinrichtungen gewährt. Für alles andere gingen die Betroffenen leer aus. Möbel, Antiquitäten, aber auch Schmuck oder Dinge des täglichen Bedarfs waren allzu oft nach 1945 unauffindbar und konnten daher nicht mehr beansprucht werden. Die Restitution von Kunstgegenständen wurde unzureichend und unter untragbaren Bedingungen für die Eigentümer oder deren Erben abgewickelt.

Aufgrund der Einschränkung des Erbrechts und der unübersichtlichen Fristen fielen zahlreiche Vermögen als „erblos" an Sammelstellen, obwohl noch Anspruchsberechtigte vorhanden waren. Bei den Sammelstellen kümmerte man sich nur sporadisch, ob dieses angeblich unbeanspruchte Eigentum tatsächlich unbeansprucht war und zurückgegeben werden könnte. In vielen Fällen zogen letztlich die „Ariseure" völlig unbehelligt ihren Nutzen aus Massenmord und Massenvertreibung.

1969 wurde Geschirr und Silberbesteck zugunsten von politisch oder rassistisch Verfolgten versteigert, 1993 ein Register erstellt, in dem „arisierte" Gegenstände aufgelistet waren. Es ist ein offenes Geheimnis, dass sich auch heute noch viele „arisierte" Möbelstücke in österreichischen Institutionen, z. B. in Botschaften oder den Bundestheatern, befinden.

Die österreichische Bundesregierung stand über Jahrzehnte auf dem Standpunkt, keine Entschädigung zahlen zu müssen, da Österreich ein besetztes Land gewesen sei und gar nicht existiert habe. Als der Druck von außen immer stärker wurde, argumentierte man, die Hälfte der Juden in Österreich sei getauft gewesen und unterliege daher nicht der Vertretung jüdischer Komitees.

Schließlich wurde Österreich aber doch noch gezwungen, Fonds anzulegen, mit denen ehemalige Staatsbürger und ihre Erben entschädigt werden sollten. 1988 wurden – zum 50. Jahrestag des Anschlusses – zwischen 2.500 und 5.000 Schilling an jüdische Opfer des NS-Regimes ausbezahlt; insgesamt sechs Millionen Dollar und damit ein Bruchteil dessen, was Deutschland aufzuwenden bereit gewesen war. 1990 beschloss die Regierung einen Fonds von eineinhalb Milliarden Schilling für jüdische Mitbürger, die 1938 zwischen sechs und vierzehn Jahren alt gewesen waren, und spendete weitere 300 Millionen Schilling zur Unterstützung von Heimen für Ältere in den USA und in Israel.

1996 wurden im Museum für angewandte Kunst in Wien Hunderte Kunstobjekte versteigert, die als „herrenlos" galten. Die US-Armee hatte sie zwischen 1945 und 1955 an verschiedensten Orten geborgen. Das Denkmalamt, das in die Enteignungen involviert gewesen war, sollte diese Kunstobjekte restituieren. Doch man zeigte wenig Eifer. Über viele Jahre führte man penible Listen über Objekte, deren Eigentümer durchaus bekannt waren. Eine Verpflichtung, die Eigentümer zu verständigen, sah man offenbar nicht.

Bereits 1969 war eine Liste mit mehr als 8.000 „herrenlosen" Kunstobjekten veröffentlicht worden. In den darauf folgenden Jahren wurden 1.231 Gegenstände zurückgefordert – aber nur 72 tatsächlich restituiert. Alle anderen gingen in das Eigentum der Republik Österreich über, die im Gegenzug eine Abschlagszahlung von fünf Millionen Schilling leistete.

1984 gab es neuerlichen Druck, dieses „Vermächtnis der Schande", wie es ein englischer Journalist einmal nannte, zu bereinigen. Die

Bestandslisten wurden erneut veröffentlicht, 3.300 Anträge eingebracht – aber nur 22 Kunstwerke tatsächlich herausgerückt. 1995 wurde dann der mediale Druck so groß, dass die Bundesregierung beschloss, die Sammlung in das Eigentum der Israelitischen Kultusgemeinde zu übertragen. Die Objekte sollten verkauft, mit dem Erlös verarmte Holocaust-Überlebende unterstützt werden. Die Auktion brachte 140 Millionen Schilling ein.

Auch die Israelitische Kultusgemeinde in Wien unterließ es, nach den tatsächlichen Eigentümern zu forschen. An Hinweisen dafür fehlte es nicht. Viele Bilder trugen auf den Rückseiten Etiketten, Stempel, Siegel, Namen, Zahlen, die relativ problemlos zu Eigentümern geführt hätten – sofern sie nicht ohnedies bekannt waren.

1997 wurde im Museum of Modern Art in New York die größte jemals in den USA gezeigte Schiele-Ausstellung eröffnet. Nach dem Ende der Ausstellung beschlagnahmte die Staatsanwaltschaft zwei Gemälde, nachdem an ihnen Eigentumsansprüche geltend gemacht worden waren. Damit setzte eine Diskussion über Arisierung, Vermögensentzug und Raub während des Nationalsozialismus ein, die Österreich bereits hinter sich gebracht zu haben glaubte.

Noch im selben Jahr beschloss das Parlament das Kunstrückgabegesetz, mit dem das Vorgehen österreichischer Bundesmuseen und der österreichischen Hoheitsverwaltung nach 1945 überprüft werden sollte. Diese Institutionen hatten mit Hinweis auf das Ausfuhrverbotsgesetz nach erfolgter Restitution umfangreich „Schenkungen“ an die Museen erpresst.

Eine Provenienzforschungskommission wurde beim Denkmalamt eingerichtet, die einem Kunstrückgabebeirat die Rückgabe von Kunstwerken empfehlen oder eben nicht empfehlen sollte. Die letzte Entscheidung lag bei der Unterrichtsministerin. Den sogenannten Berechtigten – also den Beraubten und ihren Erben – wurden nach diesem Gesetz keine Rechte eingeräumt: keine Parteistellung, keine Mitwirkungsrechte, keine Möglichkeit, gegenüber dem Kunstrückgabebeirat Stellung zu nehmen.

Dennoch wurden in den letzten zehn Jahren Tausende Kunstobjekte an die ursprünglichen Eigentümer oder deren Erben restituiert. Eines dieser Werke war das „Mädchen mit violettem Hut" von Egon Schiele.

DIE TOCHTER

Schon in Wien hatte Desirée Rosenberg mit großer Begeisterung alles, was ihr vor die Linse kam, fotografiert. Als ihr in New York klar wurde, dass sie praktisch keine Chance hatte, jemals auf einer Bühne zu stehen und als Maria Stuart oder Eve Rull zu reüssieren, entschloss sie sich, Fotografieren zu ihrem Beruf machen. Sie brachte dafür eine ganz ausgezeichnete Voraussetzung mit: einen guten Blick. Als bildhübsche junge Dame war sie es gewohnt, angeschaut zu werden. Und sie hatte genug Selbstbewusstsein, auch ihrerseits die Leute ganz genau anzuschauen.

Die Frau, die Anfang Mai 2007 auf dem Flughafen Wien-Schwechat aus der Maschine stieg, war fast so alt wie das „Mädchen mit dem Hut“. Sie war hoch gewachsen, schlank, ausgesprochen charmant und lebensbejahend; mit ihren siebenundachtzig Jahren war sie noch immer eine schöne Frau, die jeder, der sie sah, für wesentlich jünger halten musste. Zu einer dunklen Kleidung trug sie eine schöne Halskette mit großen, weißen Perlen. Ihr Haar war dicht und weiß, ihre in Dauerwellen gelegte Frisur hätte aus einem Film der Fünfzigerjahre stammen können.

Wien hatte Narben auf ihrer Seele hinterlassen, die nun wieder aufzubrechen drohten. Zwar hatte sie persönlich kaum unter dem grassierenden Antisemitismus zu leiden gehabt, aber umso ungerechter war ihr erschienen, von einem Tag auf den anderen ihre Freunde, ihre Schule, ihre Zukunft, ihr Leben verlassen zu müssen. Sie hatte sich lange geweigert, je wieder hierher zurückzukehren; sie hatte sich eingeredet, dass ihre alte Heimat ihr nichts bedeute; dass es nichts gebe, was sie hierher führen könnte.

Aber kaum war sie da, begannen sich ihre Lebenslust und ihre Neugier als stärker zu erweisen als ihre Ressentiments. Sie wollte alles wiedersehen, die Oper, das Burgtheater, den Ring, Schönbrunn – auch wenn es weh tat. Sie sprach das klassische Wienerisch, wie man es heute fast nur noch in Theaterstücken von Arthur Schnitzler hört.

Schnitzler hätte sie auch gerne gespielt. Aber der Einmarsch der Nazis 1938 hatte den Abbruch ihrer Ausbildung am Reinhardt-Seminar erzwungen – von einem Tag auf den anderen. Sie war mit ihrem Vater erst nach Paris, dann in die USA geflüchtet. In Frankreich, der ersten Station ihrer Flucht, hatte sie als Küchenhilfe in einer katholischen Internatsschule gearbeitet. Dann war New York gekommen. Hier hatte sie ihren Mann kennengelernt, einen Angehörigen der schwedischen Botschaft. „Groß, blond, mit hellen Augen“, so hatte sie ihn in Erinnerung. Die Ehe ging nach wenigen Jahren auseinander.

In New York arbeitete sie als Fotografin in einem Fotostudio namens Bernstain, ganz in der Nähe des Times Square. Während des Kriegs blühte das Geschäft; viele Soldaten, die ins Feld zogen, aber auch Angehörige, die zurückblieben, wollten Erinnerungsfotos mitnehmen. Zur Auswahl standen Porträts zwischen 50 Cent und 2,50 Dollar. Abgelichtet wurden die Leute im ersten Stock, in zwei Studios. Hinter der einen Kamera stand Desirée, hinter der anderen eine weitere junge Emigrantin aus Österreich, Veronika Veilchenfeld. Die Arbeit ging schnell, effizient, wie am Fließband vor sich. „Aber“, erzählte Desirée Rosenberg, „es hat mir sehr gut gefallen. Veronika und ich haben immer viel miteinander gelacht.“

Desirée Rosenberg war 20 gewesen, als sie in New York ankam. Sie blieb ihr ganzes restliches Leben. Nach dem Krieg flaute das Geschäft stark ab. Aber sie hatte nie das Bedürfnis, nach Wien zurückzukehren. Nicht, weil Wien zerstört war und in vielerlei Hinsicht weitaus weniger Chancen bot als New York. Nicht, weil die Leute dort kaum zu essen hatten und von amerikanischen Care-Paketen lebten. Nicht einmal, weil sie geglaubt hätte, alle Wiener wären Nazis. Nein, sie gehörte einfach nicht mehr dorthin. Sie hatte mit Wien abgeschlossen. Es gab dort nichts, was sie vermisste. Das redete sie sich zumindest ein. Als ihr Vater ratlos, ja völlig resigniert, von seiner Reise zurückkehrte, fand sie sich in ihrer Haltung noch zusätzlich bestätigt.

In ihrer Wohnung am Rathausplatz hatte sie ein Leben in Wohlstand und Sicherheit geführt. Es hatte Hausangestellte gegeben, Urlaub wurde in Südfrankreich gemacht, jeder Wunsch war ihr erfüllt worden. Es hatte eine Zeit lang gedauert zu akzeptieren, dass das ein für alle Mal vorbei war. Aber nachdem sie sich von ihrem angenehmen Leben und ihren hochfliegenden Träumen verabschiedet hatte, war es ihr nicht schwergefallen, sich der Realität zu stellen und sich für etwas ganz Neues zu begeistern. Sie hatte auf Anhieb gewusst: Die Fotografie, das war ihre Welt.

Nachdem das Atelier Bernstain geschlossen worden war, begann Desirée Rosenberg, zunächst Kinderporträts im privaten Kreis zu machen. Später bot sie ihre Bilder auch Zeitungen an, zunächst kleineren, liberalen Blättern. Als Pressefotografin interessiert sie sich für politische Ereignisse, Straßenszenen, den wirtschaftlichen Aufstieg New Yorks. Aber schon bald spezialisierte sie sich auf Modefotografie und übernahm Firmenaufträge.

Das Jahr 1955 wurde für sie zum Wendejahr – im Privaten wie im Beruflichen. Sie trennte sich von ihrem Mann. Ihr Vater starb; Desirée nahm wieder seinen Namen an. Es war ein guter Name. Kein Fotograf in New York hieß Rosenberg, und damit konnte es keine Verwechslungen geben. Bald bot sie ihre Fotos auch der *New York Times* und der *Washington Post* an, die ihre Bilder druckten und meist auch gut bezahlten.

Sie arbeitete allein. Ihre Dunkelkammer richtet sie sich in der Küche ein, im ehemaligen Schlafzimmer ihres Vaters das Atelier. Die Kameras, die Beleuchtung, später die Blitzanlage standen im Wohnzimmer. Kleinere Aufträge wurden daheim bei künstlichem Licht erledigt, große im Freien, vor allem im Central Park, aber auch am Times Square, in der Wall Street und vor der Freiheitsstatue. Das Geschäft florierte. Die Marke „Desirée Rosenberg" stand in der Mode bald für den Nachkriegsoptimismus, für die Träume von Freiheit, Unbekümmertheit, Schönheit, Jugendlichkeit, und sie war stets durchsetzt mit einem guten Schuss Erotik.

Desirée fotografierte für Anzeigenkampagnen, Kataloge, Plakate und Modeschauen. Alle waren sie Kunden bei ihr, die großen und die kleinen Modehäuser, Boutiquen und Kaufhäuser des Big Apple. Sie arbeitete mit Spitzenmannequins. „Ein Mannequin muss begabt sein", sagte sie, „und du musst einen Blick für sie haben. Du bist von ihnen abhängig." An eine von ihnen konnte sie sich besonders gut erinnern, Franzi Talos, eine junge Ungarin. „Sie hatte viel Temperament. Ihr verdanke ich einen guten Teil meiner Karriere."

Desirée Rosenberg fotografierte überwiegend Frauen. Sie beherrschte den Spagat zwischen Auftragswünschen, Exzentrik, Extravaganz und populären Konsumträumen perfekt. Sie inszenierte Mode, die sich verkaufen ließ. Sie hatte hohe Ansprüche, aber Künstlerin wollte sie keine sein. Fotografin, das genügte ihr völlig.

DIE FREUNDE

Als Desirée Rosenberg fast siebzig Jahre nach ihrer Flucht nach Wien zurückkehrte, holten sie die einzigen beiden Menschen ab, zu denen sie in all den Jahren einen zumindest losen Kontakt gehalten hatte: Sybille Lohinger und Heinrich Partenstein. Sybille war mit ihr am Reinhardt-Seminar gewesen; aber auch sie war keine Schauspielerin geworden. Nachdem die Nazis in Wien einmarschiert waren, hatte sie sich eine Zeit lang versteckt. Was in ihrer Familie nie eine Rolle gespielt hatte, ihre jüdischen Wurzeln, wurde jetzt zu einer Überlebensfrage.

Als ihre Eltern abgeholt wurden, wusste sie, dass sie nicht länger warten durfte. Sie floh auf Umwegen nach Krakau und suchte und fand Zuflucht bei einem Mann, den sie beim Vater ihrer Freundin Desirée kennengelernt hatte: Frantisek Kaprisky. Kaprisky war Anwalt. Aber er übte seinen Beruf schon lange nur noch sehr sporadisch aus.

Obwohl nicht reich, war er doch wohlhabend genug, sich das leisten zu können. Er malte. Und als Maler war er, ganz anders als in seiner Rolle als Anwalt, an allem Unerprobten und Außergewöhnlichen interessiert. Er versuchte sich an neuen Formen. An neuen Farbkombinationen. An neuen Techniken. An neuen Methoden, etwas auszudrücken. Er arbeitete mit den verschiedensten Materialien, erprobte sie – und scheiterte. Sein Zugang zur Kunst führte dazu, dass er nie einen unverwechselbaren Stil entwickelte. In der Krakauer Kunstszene galt er als Phantom. Und schon bald war es ein geflügeltes Wort, dass ein Bild, das man keinem anderen Künstler zuordnen könne, wohl von ihm sein müsse.

Als Maler war Frantisek Kaprisky nur den absoluten Insidern bekannt. Zeit seines Lebens stellte er nie aus. Er unternahm nie auch

nur einen Versuch in diese Richtung. Er war überzeugt, dass das, was er machte, unzureichend war. Noch unzureichend. Es hielt es nicht nur für möglich, sondern sogar für wahrscheinlich, dass er das künstlerische Ziel, das ihm vorschwebte (ohne es wirklich formulieren zu können), nie erreichen würde. Er fand das akzeptabel. Einen rauschenden Erfolg, quasi Applaus auf offener Bühne, würde es für ihn nicht geben. Es war ihm nicht wichtig. Es war nicht entscheidend. Entscheidend war die Kunst selbst. Entscheidend war, dass die Kunst sich weiter entwickelte. Entscheidend war, dass seine Individualität sich weiter entwickelte.

Abgesehen davon war Kaprisky eine bekannte Persönlichkeit, aus dem Kulturleben Krakaus nicht wegzudenken. In seinem Haus gingen Maler, Bildhauer, Musiker, Schriftsteller und Philosophen ein und aus. Er unterstützte das Juliusz-Słowacki-Theater ebenso wie den Pałac Sztuki und sogar die Kathedrale. Die Einladung zu einer Soirée in seiner riesigen Villa war hoch begehrt, weil man sicher sein konnte, bei ihm interessante Leute kennenzulernen (und hervorragend bewirtet zu werden). Er ging häufig auf Reisen und wusste packend davon zu erzählen.

Und er erzählte: vom Louvre und den Galerien der Moderne in Paris, und wie wichtig es wäre, dass die jungen polnischen Künstler Fremdsprachen lernten und ins Ausland gingen und sich mit eigenen Augen ein Bild machten von den ungeheuren Veränderungen, die sich gerade jetzt, in diesem Augenblick, in der Kunst vollzogen; von einer Ausstellung im Grand Palais mit Abertausenden Bildern, wo er anschließend nur noch den Wunsch gehabt habe, mit einer unmenschlichen Stimme zu brüllen, sich auf den Kopf zu stellen oder jemandem den Regenschirm in den Mund zu stopfen; von einer feinen Studie Olga Boznanskas, die er in einer kleinen Galerie entdeckt hatte; von Bonnard, Bourdelle, Braque, Derain, Friesz, Laurencin, Maillol, Matisse, Picasso, Rouault, van Dongen und de Vlaminck, den Helden der Moderne, die damals kaum jemand in Polen kannte; von ihren Intentionen; von dem, was sie aus Form und Farbe zu machen vermochten; von dem, was er gefühlt hatte, während er ihre Bilder und Skulpturen betrachtete; und warum es Unfug sei, den Malern der Moderne vorzuwerfen, sie verschwendeten „große" Kunst für banale Inhalte. Er konnte stundenlang darüber reden, welche Kraft in einem simplen Krug bei Cézanne steckte.

Sybille Lohinger lebte in seinem Haus, das sie für die nächsten Jahre nicht mehr verlassen sollte. Es wäre zu gefährlich gewesen. Es wäre vor allem für Kaprisky zu gefährlich gewesen. Sie wusste, was mit Leuten geschah, die Juden versteckten. Kaprisky tat das alles als völlig selbstverständlich ab. Bei seinen Aufenthalten in Wien hatte er immer bei den Rosenbergs gewohnt. Sie waren seine Freunde. Also waren ihre Freunde auch seine Freunde. So einfach – und weltfremd – klang das aus seinem Mund. Spätestens seit die Nazis das Land besetzt hielten. Aber Kaprisky war nicht weltfremd. Er war nur ein anständiger Mensch, der wusste, dass Sybille Lohinger keine Alternative hatte. Er wusste, dass es ein Risiko war, sie zu verstecken. Aber auch er hatte dazu keine Alternative. Sie mussten eben vorsichtig sein.

Sybille kochte für ihn, wusch seine Wäsche, hielt seine Wohnung sauber. Es war ein großes Haus, gegen Blicke von außen durch riesige alte Bäume und Sträucher geschützt. Sie vermied es, ins Freie zu gehen, solange es noch hell war. Nach Einbruch der Dunkelheit saß sie gerne auf den Stufen der Treppe, die hinauf zum Salon führte, und rauchte; und dachte an ihre Eltern, von denen sie ohne Nachricht war, seit sie Wien verlassen hatte.

1941 besuchte Kaprisky die Staatliche Kunstgewerbeschule, immer auf der Suche nach Informationen, nach Möglichkeiten, die noch kein Mensch vor ihm entdeckt hatte. Im Grunde war er mehr Erfinder als Künstler, weil ihn die sinnliche Darstellung viel weniger interessierte als der Weg dorthin; vorausgesetzt, noch niemand vor ihm hatte diesen Weg beschritten.

In der Kunstgewerbeschule lernte er Oskar Partenstein kennen, einen aus Wien stammenden Künstler, der dort lehrte. Von Anfang an waren die beiden voneinander fasziniert. Es gab keinerlei Berührungsängste. Dass Kaprisky Pole war und Partenstein Deutscher, spielte keine Rolle. Für den einen war der andere kein Untermensch, und für den anderen der eine kein Nazi, sondern jemand, von dem er viel lernen konnte: ein Suchender wie er. Einer, der sich auf ähnlichen Pfaden bewegte, aber schon ein gutes Stück weiter vorangekommen war.

Bald verkehrte Partenstein auch im Hause Kapriskys. Er lernte Sybille Lohinger kennen, und obwohl nie ein Wort darüber verloren wurde, war ihm schnell klar, was es mit dieser blassen, ein bühnenreifes Wienerisch sprechenden jungen Frau auf sich hatte.

Oskar Partenstein wurde 1908 als Sohn eines Offiziers der zaristischen Armee in Wladiwostok geboren und besuchte bis 1920 das Gymnasium im russischen Amon. Über Umwege flohen er und seine Mutter, die perfekt Deutsch sprach, vor dem Bürgerkrieg nach Wien; der Vater starb 1923 in Kiew.

In Wien schloss Partenstein eine Töpferlehre ab. Danach absolvierte er bis 1939 ein immenses Pensum an Lehrgängen und Ausbildungen: Er studierte Bildhauerei an der Akademie, arbeitete als Assistent bei Josef Müllner, war Gastschüler an der Kunstgewerbeschule bei Michael Powolny und belegte die akademische Meisterschule für Medaillenkunst. Daneben schloss er auch noch seine Ausbildung zum Ingenieur für Holzindustrie an der Bundeslehranstalt Mödling ab.

1941 nahm er an der Staatlichen Kunstgewerbeschule in Krakau einen Lehrauftrag in der Fachklasse für Metall an. Die Freundschaft mit Kaprisky kam auch für ihn überraschend. Er hätte sich nicht träumen lassen, dass sich die Kunst einmal als stärker erweisen könnte als nationale Vorurteile, zumal sich diese mittlerweile zu Abgründen ausgewachsen hatten.

1944 wurde die Kunstgewerbeschule geschlossen und Partenstein zum Volkssturm eingezogen. Nach dem Krieg kehrte er nach Wien zurück und versuchte, sich als freischaffender Künstler durchzuschlagen. Überleben konnte er freilich vor allem wegen seines technischen und handwerklichen Geschicks, dessen man sich in der Phase des Wiederaufbaus immer wieder gerne erinnerte.

Auf seinem technischen und handwerklichen Geschick gründete sich auch Partensteins künstlerische Bedeutung als Pionier der digitalen Kunst. Bereits in den Vierzigerjahren hatte er mit Kaprisky erste Gedanken zur künstlerischen Formgebung auf Basis mathematischer Methoden gewälzt, wobei sein Hauptaugenmerk auf der praktischen Anwendung von Algorithmen lag. 1965 gründete er die Arbeitsgruppe „Ars Digitalia", deren Protagonisten sich vorwiegend mit dieser Kunstrichtung befassten. Partenstein nahm an wegweisenden Ausstellungen teil und pflegte Kontakte mit zahlreichen anderen Vertretern der Medienkunst, mit Otto Beckmann, Marc Adrian, Frieder Nake und Georg Nees.

Partenstein war jedoch keineswegs nur darauf fixiert, rationale Phänomene zu ergründen. Genauso faszinierten ihn die Sphären des Irrationalen. Die meisten der in den sechzig Jahren bis zu seinem Tod geschaffenen Werke – Grafiken, Emailarbeiten und Plastiken – stehen in einem engen literarischen Kontext und beziehen ihre Inspiration aus einer intensiven Beschäftigung mit Religion, Mythologie und Okkultismus sowie diversen Geheim- und Pseudowissenschaften.

Sein Werk spannt einen weiten Bogen von Schönheit und Harmonie bis hin zu Chaos und den Abgründen psychischer Irritationen. Eine Arbeit von ihm konnte ästhetisch ansprechend und doch maßlos beunruhigend sein, als gleichermaßen „schön" und „schrecklich" empfunden werden. Für ihn standen die Sphären des „Mystischen" und der „Vernunft" nicht in Widerspruch, er suchte sie in Einklang zu bringen, weil er um ihre enge Beziehung wusste. Eine Kunst, die sich allein in technischen Verfahren und Methoden verlor, hätte ihn nicht interessiert. Die Mathematik stellte für ihn lediglich einen Weg dar, verborgene Strukturen hinter dem Sichtbaren aufzuspüren. Und auch im Computer sah er nur ein „Instrument", mit dessen Hilfe sich die Gesetzmäßigkeiten des Kosmos ergründen ließen.

Nach dem Krieg kehrten Oskar Partenstein und Sybille Lohinger wieder nach Wien zurück. Sybille Lohinger hatte Glück: Sie konnte sogar ihre alte Wohnung wieder beziehen. Ihre Eltern freilich blieben verschwunden, und es sollte Jahre dauern, ehe sie erfuhr, dass sie bei einem Transport ins Konzentrationslager Groß Rosen umgekommen waren.

Ehe ihre Eltern abgeholt worden waren, hatte Sybille drei Nachbarn Wertsachen zur Aufbewahrung übergeben: etwas Schmuck, ein Sparbuch, Erinnerungsfotos, Briefe, aber auch so alltägliche Dinge wie Bettwäsche und Geschirr. Nun läutete sie bei diesen Nachbarn an, um diese Dinge zurückzufordern. Dabei machte sie sehr unterschiedliche Erfahrungen; Erfahrungen, die ihr ebenso wichtig wurden wie alles, was ihr auf ihrer Flucht und im Untergrund widerfahren war.

Die Nachbarin im gleichen Stockwerk, mittlerweile Witwe geworden, umarmte sie, tanzte und weinte mit ihr, lud sie zum Essen ein und übergab das ihr anvertraute Paket, das sie all die Jahre nicht angerührt hatte.

Die Nachbarn im Stockwerk über ihrer Wohnung, ein altes Ehepaar, wollten sich anfangs nicht erinnern, etwas von ihr zur Aufbewahrung erhalten zu haben. Sie erklärten sich erst bereit, wenigstens einen Teil herauszurücken, als Sybille ihnen klarmachte, dass sie keinesfalls unverrichteter Dinge wieder abziehen würde. Es stellte sich heraus, dass die guten Leute mit dem Silber und dem Porzellan seit geraumer Zeit lebten und es längst als ihr Eigentum betrachteten. Nun feilschten sie um jedes Stück, seufzten und jammerten, als hätten sie es mit einem Einbrecher zu tun, der zu keiner Einsicht in das Unrecht seines Handelns fähig sei.

Der dritte Nachbar, ein pensionierter Oberstudienrat, wies Sybille Lohinger brüsk von seiner Schwelle. Sollte sie weiterhin solche Behauptungen aufstellen, werde er sie wegen Verleumdung verklagen. Selbstverständlich hätte er nie etwas von ihr übernommen, weshalb hätte er das auch tun sollen. Er schrie sie an, sie sei eine Betrügerin, die versuche, seine Notlage auszunützen.

Als Sybille mit Oskar Partenstein Kontakt aufnahm, lud er sie sofort zu sich ein. Bei dieser Gelegenheit lernte sie seinen jüngeren Bruder Heinrich kennen. Die beiden heirateten noch im selben Jahr.

Heinrich Partenstein wurde 1923 in Wien geboren – im selben Jahr, in dem sein Vater in Kiew umkam. Nach der Grundschule und einer Schlosserlehre besuchte er die Abendschule für Werkmeister im Maschinenbau. Seine Leidenschaft gehörte allerdings schon damals der Kunst. Nach dem Krieg erstellte er für eine große Wiener Bank Ausstellungskonzepte, organisierte Präsentationen zum Thema „Kunst am Bau" und unterstützte seinen Bruder bei dessen Projekten. 1997, als eben eine Ausstellung im Historischen Museum der Stadt Tulln geplant war, starb wenige Tage vor Fertigstellung des Katalogs Oskar Partenstein.

Die Ausstellung wurde dennoch termingerecht eröffnet. Nach dem Tod seines Bruders setzte sich Heinrich noch intensiver mit dessen Werk auseinander, als er das schon zu seinen Lebzeiten getan hatte. 1999 suchte eine deutsche Kunsthistorikerin, Marlies Eller, für ihre Dissertation „Anfänge der Computerkunst" Unterlagen und Informationen; das Wissen darüber war kaum mehr als in Spurenelementen vorhanden. Der Schriftverkehr Oskar Partensteins brachte wichtige Erkenntnisse.

2005 wurde Heinrich Partenstein nach einem Symposium über Digitale Kunst in der Kunsthalle Hamburg eingeladen, die Werke seines Bruders auszustellen. Immer mehr Insider erkannten, dass sie es hier mit einer der Schlüsselfiguren dieser Kunstrichtung zu tun hatten und sich eine Geschichte über Medienkunst ohne Verweis auf ihn gar nicht schreiben ließe. Unmittelbar nach dieser Ausstellung wurde das „Archiv Oskar Partenstein" gegründet; Heinrich begann, die Lebensgeschichte seines Bruders minutiös aufzuarbeiten.

Nach der Ausstellung in Hamburg fand in Linz im Rahmen der ars electronica eine Ausstellung zum Thema „Mensch und Computer" statt. Von Oskar Partenstein gab es zahlreiche Exponate zu sehen. Der „Kunstcomputer", den Heinrich und Oskar vor Jahrzehnten gebaut hatten, wurde aus den Tiefen des Archivs der

Oberösterreichischen Landesregierung geholt, überholt und im ZKM in Karlsruhe ausgestellt. 2007 kam es zu einer Ausstellung in der Kunsthalle Salzburg mit dem Titel „Zwischen Mystik und Mathematik“, bei der versucht wurde, die widersprüchlichen Aspekte im Werk Oskar Partensteins auszuloten.

Die Frau, die Heinrich Partenstein mit seiner Frau Sybille am Flughafen Schwechat erwartete, hatte er noch nie gesehen. Aber er hatte viel von Desirée Rosenberg gehört, seine Frau hatte oft über sie gesprochen. Und er kannte natürlich ihre Fotos; jeder, den zeitgenössische Fotografie interessierte, kannte sie.

Jahrelang hatte er sich darum bemüht, eine Neuaufnahme des Rückstellungsverfahrens der Kunstwerke ihres Vaters zu erreichen. Zumeist scheiterte er, weil kein Mensch wusste, wo sich die Bilder und Antiquitäten befanden. Aber in Bezug auf „Das Mädchen mit dem Hut“ war das einfach: Das Gemälde tauchte auf Plakaten des Tullner Museums auf, und diese Plakate hingen überall in Wien, um Touristen in die kleine Stadt an der Donau zu locken. „Das Mädchen mit dem Hut“ war der ganze Stolz des Museums, das darüber hinaus von Schiele nur relativ unspektakuläre Frühwerke vorzuweisen hatte.

Das Historische Museum der Stadt Tulln war kein großes Museum. Schon vor dem Zweiten Weltkrieg war es im ehemaligen Minoritenkloster untergebracht gewesen, und bis hinein in die Siebzigerjahre führte es ein Mauerblümchendasein. Kaum jemand verirrte sich dorthin, um die Bodenfunde von den Äckern Tullns zu bewundern oder sich mit der Geschichte der Stadt und des Klosters intensiver auseinanderzusetzen. Dann wurde Egon Schiele immer berühmter, und die Stadt erinnerte sich, dass er hier geboren war und sich im Museum einige Bilder befanden. 1989 wurde das Museum renoviert und modernisiert und zum 100. Geburtstag des Künstlers am 12. Juni 1990 feierlich wiedereröffnet. Nun verfügte es über eine ausführliche Dokumentation, gewidmet dem Leben, der Familie und dem Gesamtwerk Egon Schieles.

Die Bilder in den Klosterzellen rund um den Kreuzgang zeigten den Reifungsprozess des Künstlers von seiner Kindheit in Tulln, seiner Schulzeit in Klosterneuburg und seiner Akademiezeit in Wien. Anhand von Originalzeichnungen und frühen Bildern, Naturstudien, Städtebildern und Porträts, wurde die künstlerische Entwicklung Schieles dokumentiert. Sogar eine Zelle des Gefängnisses in Neulengbach, in der Schiele eingesperrt gewesen war, hatte man nachgebildet. Aus der Zeit ab 1910 gab es nur ein einziges Gemälde: „Mädchen mit violettem Hut". Die Tullner Museumsleute bildeten es auf Plakaten, Foldern und Einladungskarten ab, sie warben damit im Internet und auf Inseraten für ihr Museum und vermittelten den Eindruck, es gebe dort noch viel mehr, das man unbedingt sehen müsse.

„Das Mädchen mit dem Hut" hatte im Museum einen Ehrenplatz erhalten. Im Refektorium des Klosters war es als einziges Original an der Stirnseite präsentiert worden. Der Architekt hatte einen Weg gefunden, das „Mädchen" so vor den gotischen Fenstern mit den eindrucksvollen Szenen der Verkündigung Mariens, des Letzten Abendmahls und der Himmelfahrt Mariens zu präsentieren, dass diese nichts von ihrer Großartigkeit einbüßten, durch eine geschickte Beleuchtung sich aber dennoch alle Blicke dem Schiele-Bild zuwandten. An den Seitenwänden befanden sich Faksimiledrucke weiterer Meisterwerke Schieles, die der Einfachheit halber alle in der gleichen Größe wiedergegeben und chronologisch aufgestellt worden waren. Das „Mädchen" war der Höhepunkt und Abschluss der Schau.

DIE RÜCKSTELLUNG

In den letzten Jahren waren immer wieder Forderungen nach Restitution von Kunstwerken abgelehnt worden, weil diese nach einem Rückstellungsvergleich nicht mehr als „verfolgungsbedingt entzogen“ galten. Zwei Bilder von Peter Paul Rubens wurden etwa deshalb nicht restituiert, weil eine Historikerin in den Rückstellungsakten den Hinweis entdeckte, dass Vorbesitzer und Erwerber schon 1953 einen privatrechtlichen Vergleich abgeschlossen hatten. Im Fall eines Gemäldes von Oskar Kokoschka wurde eine bereits gefasste Empfehlung des Beirats wieder abgeändert, weil ein Dokument auftauchte, nach dem der Vorbesitzer das Eigentum des „Nachbesitzers“ ausdrücklich anerkannt hatte; auch hier war in Deutschland bereits eine Entschädigungszahlung erfolgt.

Heinrich Partenstein ließ seine Verbindungen, die er im Lauf der Jahre in der Kunstszene erworben hatte, spielen, um die Restitution des „Mädchens mit dem Hut“ zu erreichen. Die entscheidende Frage war, ob Arthur Rosenberg einen fairen wirtschaftlichen Ausgleich für das Gemälde erhalten hatte oder nicht. Das wieder hing eng mit der Frage zusammen, ob bzw. welche seiner Bilder er überhaupt hätte ausführen dürfen. Angesichts der Schwierigkeiten, über die eigene – sofern überhaupt noch vorhandene – Sammlung verfügen zu können, waren Zweifel an einer freien Willensentscheidung Rosenbergs aber durchaus angebracht.

Selbst wenn die Verzichtserklärung Rosenbergs aus den 1950er-Jahren als verbindlich angesehen werden sollte, hatte sie doch den Mangel, dass das Historische Museum der Stadt Tulln nicht als Vertragspartner daran beteiligt gewesen war. Heinrich Partenstein war überzeugt, dass Rosenberg zu einem Kuhhandel gedrängt worden war, der schließlich in einem Verzicht weiterer Verfolgung seiner

Ansprüche gegipfelt hatte. Wenn er beweisen konnte, dass eine Erpressung mit dem Ausfuhrverbot dazu geführt hatte, bestand eine gute Chance, dass der ganze Rechtsakt für ungültig erklärt wurde.

Seit 1998 hat es eine sehr weitgehende Neubewertung der Erwerbung von verfolgungsbedingt entzogenen Kunstwerken durch öffentliche Museen gegeben. Entscheidungen des Rückstellungsbeirats trugen dazu bei, dass historischem Unrecht auch dann Rechnung getragen wurde, wenn die enge Auslegung nationalen Rechts dies eigentlich nicht vorsah. 1998 hatte auch die „Washington Conference on Holocaust-Era Assets" stattgefunden, deren Prinzipien zwar nicht bindend waren, aber doch zu einem politischen Konsens führten, faire und gerechte Lösungen für Eigentumsfragen im Zusammenhang mit geraubten Kunstwerken zu finden. Es wurden jedenfalls zahlreiche Kunstwerke aus Museen restituiert, deren Rückgabe früher nicht einmal in Erwägung gezogen worden wäre.

Das österreichische Parlament verabschiedete das Kunstrückgabegesetz, nach dem infolge einer „amtswegigen" Durchsicht der Bestände der Bundesmuseen etwa 6.000 Kunstgegenstände restituiert wurden, obwohl sie längst „rechtmäßig" ins Eigentum des Bundes übergegangen waren. Davor waren sie freilich Gegenstand eines Rechtsgeschäfts gewesen, das nach dem Nichtigkeitsgesetz zu qualifizieren oder als herrenloses Gut unentgeltlich in das Eigentum des Bundes übergegangen war.

Einige Bundesländer beschlossen für ihre Museen analoge Regelungen, und auch städtische Museen restituierten entzogene Kunstwerke, etwa die Städte Wien und Linz. Auch Tulln hatte 1998 das „Mädchen mit dem Hut" als bedenklich eingestuft. Allerdings hatte sie der Vorsitzende der Kommission für Provenienzforschung, Dr. Franz Baier, beruhigt: zum einen müsse geklärt werden, ob es überhaupt anspruchsberechtigte Erben gebe, zum anderen könne er keine rechtliche Grundlage für Rückforderungsansprüche erkennen.

Als Heinrich Partenstein 2001 erstmals mit der Stadt Tulln Kontakt aufnahm, wurde ihm mitgeteilt, man habe bereits versucht, die ursprünglichen Besitzer zu finden, allerdings ohne Erfolg. Partenstein wies ein Schreiben von Desirée Rosenberg vor, mit dem sie ihn beauftragte, die Rückgabe des „Mädchens mit dem Hut“ zu erreichen. Die Stadt erklärte, es bestünde keine rechtliche Verpflichtung zur Restitution. Partenstein widersprach, es bestünde vielleicht keine juristische, aber sehr wohl eine moralische Verpflichtung. Man einigte sich darauf, das Ergebnis der Recherchen der Kommission für Provenienzforschung abzuwarten.

Dr. Franz Baier leitete erst Ende 2004 seine Erkenntnisse in einem Dossier an den Beirat beim Unterrichtsministerium weiter. Der Beirat fasste im März 2005 den Beschluss, keine Empfehlung für die Ausfolgung abzugeben. Das war insofern überraschend, als der Beirat selbst zum Schluss kam, die Verkäufe von Kunstwerken Rosenbergs als Rechtsgeschäfte zu werten, die als nichtig anzusehen seien. Entscheidend sei aber, dass Rosenberg seinerzeit nicht nur auf sämtliche Ansprüche verzichtet habe, sondern dieser Verzicht darüber hinaus in keinem kausalen Zusammenhang mit einer allfällig verweigerten Ausfuhr von Kunstobjekten gestanden habe. Das freilich entsprach schlicht exakt dem Gegenteil, was tatsächlich geschehen war.

Heinrich Partenstein ließ sich von dieser Entscheidung nicht entmutigen. Er machte klar, dass es die Stadt Tulln verabsäumt habe, unmittelbar nach dem Krieg Schritte für eine Restitution zu unternehmen, und es insbesondere unterlassen habe, das „Mädchen mit violettem Hut“ als entzogenes Vermögen anzumelden. Diese Entziehung sei auch mit der in den 1950er-Jahren geschlossenen Vereinbarung nicht sanktioniert worden, nicht zuletzt deshalb, weil die Vereinbarung eindeutig unter dem Zwang einer junktimierten Tausch- bzw. Ausfuhrverhandlung gestanden sei – auch wenn der Beirat das schönzureden versuche.

Die Stadt bat um Bedenkzeit. Partenstein begann, die Medien mit Informationen zu versorgen, als ihm alles zu lange zu dauern begann. Mehrere Artikel erschienen, und sie teilten im Grundtenor die Argumente Partensteins: Die Begründung des Beirats geriet dabei immer stärker ins Zwielicht (und wurde von Dr. Baier öffentlich erläutert, was ihre Inkonsistenz aber nicht verringerte), die moralisch-politische Seite der Argumente erhielt immer mehr Gewicht.

Im September 2007 beschloss der Gemeinderat zum Entsetzen der Tullner Museumsleitung die Restitution des „Mädchens mit violettem Hut", des Herzstücks des Museums, an die Tochter von Arthur Rosenberg, Desirée.

DAS BILD

Desirée Rosenberg trat wenige Tage nach ihrer Ankunft in Wien vor die Presse. Sie war völlig in Schwarz gekleidet, das weiße Haar sorgfältig onduliert. Sie hielt sich kerzengerade – eine eindrucksvolle Persönlichkeit. Sie bestand darauf, bei ihrer kurzen, in druckreifem Deutsch vorgetragenen Erklärung zu stehen. Die versammelten Journalisten bekamen eine Ahnung, was der Bühne durch ihre Flucht verloren gegangen war. Niemand wagte sie zu unterbrechen. Auch die Fragen im Anschluss an ihr Statement wurden ungewöhnlich höflich und zurückhaltend gestellt.

Begleitet wurde Desirée Rosenberg von Sybille Lohinger und Heinrich Partenstein, die einzigen echten Freunde, die sie in Wien hatte. Auch diese beiden hinterließen einen starken Eindruck. Sybille Lohinger, die nun schon zum zweiten Mal seit langer Zeit ihr Haus verließ, stützte sich auf ein Gehgestell. Sie war eine zarte Frau mit fast durchscheinender Haut. Wer sie sah, konnte sich des Eindrucks nicht erwehren, dass sie ohne ihren stabilen Gehapparat längst vom ersten Windstoß in die Luft gehoben und fortgetrieben worden wäre. Man sah ihr an, dass sie sehr krank war. Jede Bewegung schien ihr starke Schmerzen zu bereiten. Es war aber auch nicht zu übersehen, dass sie zu jenen Menschen gehörte, die sich eher die Zunge abgebissen hätten, als zu klagen. Ihr altmodisches Chanel-Kostüm, das wohl schon jahrzehntelang unberührt im Kasten gehängt haben mochte, trug sie wie eine Rüstung. Und ihre Augen leuchteten.

Heinrich Partenstein hatte sich nicht die Mühe gemacht, sich „in Schale“ zu werfen. Das tat er nie. Schlampigkeit war sozusagen sein Markenzeichen. Die Vertreter der Medien, die ihn ausnahmslos kannten und nie anders als hemdsärmelig gesehen hatten, wussten freilich, dass es ein Fehler gewesen wäre, ihn zu unterschätzen. Fast jeder von ihnen hatte ihn schon bei Diskussionen erlebt – meist ging es dabei um Fragen der Kunstpolitik –, bei denen er die längste Zeit den Eindruck vermittelte, er schlafe, um sich im nächsten Moment hellwach auf seinen Kontrahenten zu stürzen oder, was noch schlimmer war, ihn mit einer ganz beiläufig geäußerten, aber tödlich treffenden Bemerkung bis auf die Knochen zu blamieren.

Desirée Rosenberg erklärte, sie sei dankbar für die Unterstützung, die ihr von vielen Seiten widerfahren sei. Besonders dankbar sei sie den Politikern der Stadt Tulln. Sie könne sich vorstellen, wie schwierig es gewesen sei, eine Entscheidung nicht auf rechtlicher Grundlage, sondern ausschließlich aus moralischem Verantwortungsbewusstsein zu fällen. Die unverständliche Stellungnahme des Beirats habe alles noch schwieriger gemacht. Sie hoffe, dass möglichst viele Menschen verstehen könnten, warum sie ihr Eigentum zurückerhalte.

Sie habe sich entschlossen, das „Mädchen mit dem Hut" zu verkaufen. Leider gebe es dazu keine Alternative. Sie werde das Bild aber nicht im Ausland zu einer Auktion geben, sondern in Österreich. Einerseits, weil sie überzeugt sei, dass ein österreichisches Auktionshaus genauso erfolgreich sein werde wie die internationalen Häuser; andererseits, weil sie es den Behörden in Österreich und insbesondere der Stadt Tulln erleichtern wolle, bei der Auktion mitzuwirken und das „Mädchen" vielleicht wieder an jenen Ort zurückzuführen, an dem es so viele Jahre ausgestellt gewesen sei.

An einem stürmischen Tag im Januar 2008 wurde das Bild im Auftrag des Wiener Auktionshauses Hildebrandt abgeholt. Es dort versteigern zu lassen, hatte Heinrich Partenstein der Freundin seiner Frau geraten; er kannte das Hildebrandt und wusste, dass man dort jene Leidenschaft und Begeisterung aufbrachte, die die vielleicht wichtigste Voraussetzung für Erfolg war.

Als die Mitarbeiter der auf Kunsttransporte spezialisierten Spedition Trans-Art das Museum in Tulln betraten, war das Bildnis bereits abgehängt. Es befand sich in einer schlichten Kiste aus Fichtenholz. Das „Mädchen" lag darin wie weiland Schneewittchen: ein lebensgroßes Halbporträt einer in Unbewegtheit erstarrten jungen Frau mit rötlich braunen langen Haaren, die unter einem violetten Hut hervorquollen.

Der Hut sah aus, als gehöre er einer viel älteren, reiferen Frau. Er war violett, die Krempe war vorne aufgebogen und ließ einen Blick auf die altrosafarbige Unterseite zu. Geschmückt war der Hut mit einem breiten Band in einem dunkleren Violett. Seitlich befand sich eine aus Seide geformte Rose in Rosa-, Blau- und Lilatönen. Der Hut war dem Mädchen etwas zu groß; lediglich sein dichtes, widerspenstiges Haar verhinderte, dass er ihm ins Gesicht rutschte oder vom Kopf fiel. Der Gegensatz dieses Hutes zu seiner Trägerin ließ diese nur noch verletzlicher, noch unschuldiger wirken. Sie trug einen Mantel von kaum definierbarer dunkler Farbe, darunter eine weiße oder jedenfalls helle Bluse. Der Hintergrund sah aus, als würde er brennen.

Adele Harms, die Schwester von Edith Schiele, hatte das „Mädchen mit dem Hut" stets als deren Darstellung bezeichnet. Es gab auch tatsächlich eine gewisse Ähnlichkeit. Aber es gab auch beträchtliche Unterschiede. Das ovale, maskenhafte Gesicht mit den bogenförmigen Augenbrauen war so blass, dass es fast schon zerbrechlich wirkte, wie ganz dünnes Porzellan. Der starre Blick ging am Betrachter vorbei. Dazu kam der Hintergrund. Was, fragte man sich unwillkürlich, mochte Schiele im Zusammenhang mit seiner Frau mit dieser aggressiven, schreienden Fläche auszudrücken versucht haben? Auch die Aura der Unberührtheit und Zurückweisung, die das Gesicht ausstrahlte, war etwas, das auf eine andere junge Frau verwies. Es erstaunte allerdings, dass Schiele nur dieses eine Bild von ihr gemalt haben sollte. Es gab nicht eine Zeichnung, auf der sie eindeutig identifiziert hätte werden können.

Das „Mädchen" wurde in Seiden- und Luftpolsterpapier gehüllt und in eine nach den Maßen aus dem Werkverzeichnis angefertigte, klimatisierte Transportkiste gebettet. Im Auktionshaus, dem noblen Palais Hildebrandt in der Wiener Innenstadt, brach hektische Aktivität aus, sobald das „Mädchen mit dem Hut" da war: Alle wollten dabei sein, wenn es ausgepackt wurde. Die Experten legten selbst mit Hand an, die Gesellschafter hatten ihre Geschäfte und Büros verlassen, um das Bild zu begrüßen. Zwei Restauratoren stießen dazu, um zu entscheiden, ob das „Mädchen" den Transport unbeschadet überstanden habe oder sofortiger konservatorischer Maßnahmen bedürfe.

Tausend Tipps, Ideen, Ratschläge schwirrten durch die Luft: Das „Mädchen mit dem Hut" solle, aus Sicherheitsgründen, hinter Glas ausgestellt werden. Es solle durch ganz Europa reisen, nein, es dürfe keinesfalls außerhalb des Auktionshauses gezeigt werden, aber es solle Eintritt dafür verlangt werden. Es müsse eine ganz besondere Auktion organisiert werden, eine Auktion, wie es sie noch nie zuvor in Österreich gegeben habe, es müsse dafür ein aufsehenerregender Katalog gedruckt werden.

Museumsdirektoren, Sammler und Kunstliebhaber aus der ganzen Welt müssten eingeladen, Abendveranstaltungen, Führungen und Vorträge über das „Mädchen mit dem Hut" organisiert werden. Mit einem Wort: Alle waren wie elektrisiert. Und darüber wurde die wichtigste Frage fast vergessen: Würde sich der mit Desirée Rosenberg vereinbarte Mindestverkaufspreis von sieben Millionen Euro in einer Auktion außerhalb Londons oder New Yorks überhaupt erzielen lassen?

Im Palais Hildebrandt waren die nächsten Monate mit der Vorbereitung der Auktion ausgefüllt. Sie sollte am Abend des 4. Oktober 2008, einem Samstag, stattfinden und nur wenige, aber ausnahmslos hochklassige Kunstwerke umfassen.

Wenn ein Auktionshaus wie das Hildebrandt eine Auktion organisiert, überlässt es nur wenig dem Zufall. Es wartet nicht darauf, dass Leute ihre Bilder bringen, und wählt aus, was für die Auktion geeignet ist, sondern ergreift selbst die Initiative, spricht Sammler an, wirbt darum, ganz bestimmte Werke für die Auktion anvertraut zu erhalten. Es hält Beratungstage ab, organisiert Reisen seiner Expertinnen und Experten durch ganz Österreich und das angrenzende Ausland, schaltet Inserate in Fachpresse und Qualitätszeitungen.

Für die Schiele-Auktion, so hieß sie bald nur noch im Hildebrandt, aber ebenso in der ganzen heimischen Kunstszene, konnten siebenundachtzig Kunstwerke höchster Qualität akquiriert werden. Bilder von Ferdinand Georg Waldmüller und Rudolf von Alt, von Emil Jakob Schindler und Olga Wisinger-Florian, von Gustav Klimt und Carl Moll, von Albin Egger-Lienz und Oskar Kokoschka, von Alfons Walde und Wilhelm Thöny, von Arnulf Rainer und Maria Lassnig, von Josef Mikl und Markus Prachensky, von Herbert Brandl und Hubert Scheibl und dazu Skulpturen von Fritz Wotruba, Joannis Avramidis, Erwin Wurm und Franz West.

Es war, mit einem Wort, eine Schau der Superlative, eine Versammlung von allem, das in der österreichischen Kunst des 19. und 20. Jahrhunderts Rang und Namen hatte. Jetzt musste nur noch der Markt mitspielen, sprich: Jetzt war die Stunde der Bieter angebrochen.

DIE BIETER

Einer der potenziellen Interessenten für das „Mädchen mit dem Hut“ war Professor Dr. Hans Weinprecht. Niemand, der je in seine aufmerksam blitzenden, neugierigen Augen geblickt hatte, hätte ihn auf 80 Jahre geschätzt, obwohl sein schlohweißes Haar und sein schlohweißer Vollbart ihn Gottvater von Jahr zu Jahr ähnlicher werden ließen. Nach einer Hüftoperation benützte er seit einiger Zeit einen Stock.

Dieser Stock war freilich nicht der Grund, warum er zu Terminen prinzipiell zu spät kam, egal wer auf ihn wartete. Der Grund für seine notorischen Verspätungen war seine Höflichkeit. Er war nicht imstande, einer Debatte über Kunst aus dem Wege zu gehen, und es verging kein Tag, keine Stunde, in der er nicht um seinen Rat, seine Meinung, seine Expertise gefragt worden wäre. Und bei diesen Debatten verlor er jedes Gefühl für die Zeit, die verging.

Er war auch gut zwanzig Minuten zu spät gekommen, als sich der Bundespräsident und eine ganze Ministerriege versammelt hatten, um ihm das Große Goldene Ehrenkreuz für Wissenschaft und Kunst zu verleihen. Wahrscheinlich würde er auch noch seinen Tod versäumen – aber nie ein Gespräch über Kunst. 1953 zum Doktor der Heilkunde promoviert, hatte Weinprecht noch während seines Medizinstudiums Vorlesungen in Kunstgeschichte besucht und begonnen, Bilder zu sammeln – vor allem Werke des damals wenig beachteten Egon Schiele.

Im Herbst besuchte Weinprecht die Vorbesichtigung eines Auktionshauses. Bis dahin hatte er sich kaum für bildende Kunst interessiert. Nun entdeckte er, dass ihn Bilder beeindrucken, ja berühren konnten. Zum ersten Mal in seinem Leben ging er aus eigenem

Antrieb in Museen, wo ihm „buchstäblich", wie er es ausdrückte, die Augen übergingen.

Im Alter von dreiundzwanzig Jahren erwarb er sein erstes Bild von Schiele, ein Selbstporträt aus dem Jahr 1911. Fortan war Weinprecht ständiger Kunde bei den Wiener Kunsthändlern, die nicht nachvollziehen konnten, warum er zwar „Pornografisches" kaufte, sich aber darauf versteifte, dass es ausschließlich Blätter von einem gewissen Schiele sein müssten. Innerhalb weniger Jahre gelang es ihm, eine bedeutende Sammlung aufzubauen – neben Schiele wies sie bald auch zahlreiche Hauptwerke von Klimt, Gerstl und Kokoschka auf.

Als die Preise für Schiele und Klimt stiegen, anfangs langsam, bald ins Astronomische, waren alle, die sich nie für Kunst interessiert hatten, überzeugt, da sei ein gewiefter Spekulant am Werk gewesen. Dabei hatte die wachsende Marktakzeptanz den nicht unwesentlichen Nachteil für Weinprecht, dass es fortan fast unmöglich für ihn wurde, Bilder des Künstlers zu halbwegs erschwinglichen Preisen zu erstehen.

An den steigenden Preisen war er freilich selbst schuld. Jahrelang hatte er Museumsdirektoren in der ganzen Welt in den Ohren gelegen und beharrlich auf die eminente Bedeutung Schieles hingewiesen – so lange, bis ihm niemand mehr zu widersprechen wagte. Bei einer Moderne-Ausstellung in Amsterdam überließ dessen Kurator, wohl wissend, dass das der einzige Weg war, beißender Kritik zu entgehen, Weinprecht die Auswahl der Bilder. Der Sammler entschied sich für Werke der expressionistischen Schaffensperiode von 1909 bis 1915; die meisten steuerte er selbst bei.

Die Ausstellung fand europaweit Beachtung. Egon Schiele war die Sensation. Bei einer Folgeausstellung in Zürich wurde für Schiele bereits der Hauptsaal reserviert. Nun erwarben Museen in der ganzen Welt Bilder des Künstlers. 1965 gab es die erste große Ausstellung in New York – wieder kamen viele der Spitzenwerke von Weinprecht. Es war nur schwer vorstellbar, dass der Sammler, der in den Auktionssälen der ganzen Welt zu Hause war, bei der

Versteigerung eines so bedeutenden Werkes wie dem „Mädchen mit violettem Hut“ direkt vor seiner Haustür passen könnte.

Ein anderer potenzieller Interessent war Thomas Worthington. Er war über 1,90 groß, schlank, und seine Größe war wohl auch der Grund, warum er sich stets ein wenig vorgebeugt hielt. Sein akkurat nach hinten gekämmtes Haar begann sich an den Ecken bereits ein wenig zu lichten. Niemand hatte ihn je anders als in einem schwarzen Anzug und einer dezenten Krawatte gesehen. Niemand hatte ihn je sich erregen gesehen oder gehört, dass er seine Stimme erhoben hätte. Er strahlte so viel natürliche Autorität aus, dass er ohnedies stets bekam, was er wollte, und möglicherweise hätte sich vor ihm sogar das Meer geteilt, wenn er den Wunsch geäußert hätte, es trockenen Fußes durchqueren zu wollen.

Worthington, 1954 in New York geboren, entstammte einer mit Mode und Accessoires reich gewordenen Unternehmerfamilie in den USA. Er hatte in Princeton, später auch in Paris und Brüssel studiert. Unmittelbar nach dem Ende seines Studiums trat er in das Familienunternehmen ein. Sein Vermögen wurde auf mehrere Milliarden Dollar geschätzt, was ihm freilich auf der *Forbes*-Liste der reichsten Menschen der Welt lediglich einen Platz jenseits von hundert bescherte.

In den frühen Neunzigerjahren baute Worthington seine Modekette in Europa aus. Als Zentrale wählte er, für viele überraschend, Wien. Von da an war er immer wieder in der Stadt und vertiefte seine Begeisterung für die Kunst des Fin de Siècle. Vor allem Schiele und Klimt und die Wiener Werkstätte hatten es ihm angetan. Er nützte seine ausgezeichneten Beziehungen zu den Behörden, um wichtige Werke ausführen zu können. Das Bundesdenkmalamt, sonst eher zugeknöpft, wenn es um Ausfuhrgenehmigungen ging, erwies sich bei ihm als überraschend konziliant.

1993 gründete er die Worthington Foundation. Die Stiftung finanzierte jüdische Bildungseinrichtungen in mehreren Ländern. In Österreich wurde aus ihren Mitteln der Worthington-Campus errichtet, der die Aufgabe hatte, Kinder jüdischer Mitbürger vom Vorschulalter bis zum Hochschulstudium zu fördern.

Worthington engagierte sich für die Rückgabe während der Nazizeit geraubter Kunst – was ihm postwendend den Vorwurf einbrachte, dies lediglich aus eigennützigen Gründen zu tun, um dieser Kunstwerke leichter habhaft zu werden. Ende der Neunzigerjahre errichtete er in Washington, D.C., ein eigenes Museum, das sich auf österreichische Moderne spezialisierte. Sein Interesse für die österreichische Kunst nach der Jahrhundertwende von 1900 war legendär – und die sieben Millionen, die laut der Schätzung zumindest für „Das Mädchen mit dem Hut" erwartet wurden, sollte er, wenn man den Auguren trauen durfte, aus der Portokasse begleichen können.

Ein dritter ernst zu nehmender Interessent war Friedrich Kornberg. Er war schon über neunzig Jahre alt, wenngleich alles andere als gebrechlich. Er beherrschte sein riesiges Medienimperium uneingeschränkt und ließ keinen Zweifel daran, dass sich das in absehbarer Zeit auch nicht ändern würde. Schon in jüngeren Jahren hatte er sich in der Öffentlichkeit rar gemacht – wer etwas von ihm wollte, musste sich schon zu ihm begeben, gleichgültig welche Funktion er in Staat oder Wirtschaft bekleidete.

Sein Vater war Schneider gewesen. Die Familie, lange Zeit materiell wohl versorgt, wenn auch nie reich, stürzte durch Fehlspekulationen Anfang der Zwanzigerjahre in den Ruin. Aber Friedrich Kornberg ließ sich von der Verwirklichung seines Jugendtraumes, Journalist zu werden, nicht abbringen. Als er vierzehn Jahre alt war, bewarb er sich beim *Abendkurier* – egal für welche Aufgabe. Der Chefredakteur riet ihm, vorerst eine Lehre als Schriftsetzer zu absolvieren. Kornberg folgte diesem Rat, was sich als gut erwies. Denn wenig später ging der *Abendkurier* pleite.

Nach dem Militärdienst im Zweiten Weltkrieg, den er als Matrose auf einem deutschen Zerstörer ableistete, nahm er einen Posten als Redakteur bei der BBC an. 1946 wurde er auch Chefredakteur einer oberösterreichischen Regionalzeitung. Nach einem Streit mit dem Herausgeber verließ Kornberg Linz und startete das Erfolgsprojekt *Neuer Abendkurier*. Um 100.000 Schilling erwarb er die Titelrechte für die Zeitung. Danach hatte er so gut wie kein Geld mehr. Die Finanzierung sicherte schließlich ein deutscher Industrieller, der mit seinen Rüstungsbetrieben im Dritten Reich viel Geld gemacht hatte und es für eine gute Idee hielt, eine eigene Zeitung in Österreich zu haben, die ihn wegen seiner nicht ganz makellosen Vergangenheit nie anpatzen würde. Am 1. Mai 1958 wurde die erste Ausgabe gedruckt.

Im Laufe der Jahre wurde der *Neue Abendkurier* nicht nur Marktführer, er eroberte eine marktbeherrschende Stellung. Gegen die Zeitung, hieß es bald in den Regierungskanzleien Wiens, könne man keine Politik machen. Im *Abendkurier* wurden nicht nur Artikel und Kommentare geschrieben, sondern auf Kornbergs Kommando ganze Kampagnen gestartet. Gegen wen immer sie sich richteten, er wurde von der geballten Wucht des *Abendkurier*, der mittlerweile auch Magazine und Radiostationen betrieb, niedergewalzt.

Friedrich Kornberg verdiente nicht nur mehr Geld, als er sich je erträumt hatte: Er besaß vor allem auch mehr Macht, als er je für möglich gehalten hätte. Alle, Parteiführer, Gewerkschafter, Wirtschaftskapitäne, Bankdirektoren, alle mussten sich mit ihm arrangieren. Und sie wussten es. Und sie taten es. Kornberg galt als verschroben und sagenhaft reich, seine Sammelleidenschaft war legendär. Auch er würde am „Mädchen" kaum vorübergehen können.

Und noch einer durfte nicht vergessen werden: Wolfdieter Krainz. Zwar verbanden die meisten Leute seinen Namen mit zeitgenössischer Kunst, aber seine Interessen gingen weit darüber hinaus. Geboren 1939 in Lienz als Sohn eines Musikalienhändlers, stieg er 1965 in das Unternehmen seines Schwiegervaters, eines Mineralölhändlers in Schwechat, ein. Seine Frau Melanie hatte er in Paris in einer Galerie kennengelernt – beide waren Kunstliebhaber par excellence.

Wolfdieter Krainz war schlank, dynamisch, ein großartiger Motivator. Er betonte gerne, dass seine unternehmerische Tätigkeit von christlicher Ethik getragen sei. Mitarbeiter, Geschäftspartner und Kunden lästerten zwar zuweilen, er halte eher Predigten statt Ansprachen, wenn er über Vertrauen, Fairness, Aufrichtigkeit, Offenheit und die Achtung des anderen sprach. Allerdings redete er nicht nur darüber, es gab mannigfaltige Beweise, dass er tatsächlich nach diesen Grundsätzen handelte. Ja, mehr noch, er schien es als Teil seiner ganz persönlichen Mission zu betrachten zu beweisen, dass man ein Unternehmen ohne alle Untergriffe, ohne Schwindeleien, ohne Härte führen konnte. Seine Frau war eine Seele von einem Menschen, hilfsbereit, klug, zurückhaltend. Im Leben der beiden gab es nie auch nur den geringsten Skandal.

1965 hatte das Unternehmen nur dreißig Mitarbeiter. 1976 übernahm Wolfdieter Krainz die Firma und baute sie massiv aus. Seine Tankstellen mit angeschlossenen Supermärkten und Hotels überzogen bald den ganzen Kontinent. Das Unternehmen verdiente Millionen – Millionen, die Wolfdieter und Melanie Krainz vorzugsweise für den Aufbau ihrer Bildersammlung wieder ausgaben.

Ab der zweiten Hälfte der 1980er-Jahren intensivierte das Ehepaar seine Sammeltätigkeit noch. Die neue Firmenzentrale in Schwechat wurde quasi als Galerie für ihre Kollektion österreichischer Gegenwartskunst konzipiert. In der „Atrium“ genannten Halle fanden viel beachtete Ausstellungen mit Werken von Arnulf Rainer, Max Weiler, Günter Brus und Hermann Nitsch statt.

Ab Anfang der 1990er-Jahre wurden Teile der Sammlung immer öfter an Museen in aller Welt verliehen. Es gab Ausstellungen in den USA, in Mexiko, in Asien und in praktisch jedem europäischen Land. Wer sich über österreichische Malerei und Bildhauerei seit 1945 einen Überblick verschaffen wollte, kam an der Sammlung Krainz nicht vorbei. 2001, genau 25 Jahre nach Übernahme der Firma durch das Ehepaar, erfolgte der Spatenstich für ein eigenes Museum in Schwechat mit fast 4.000 Quadratmetern Ausstellungsfläche; die, wie sich bald herausstellte, nicht zu groß war für die mittlerweile mehr als 5.000 Kunstwerke.

Eine weitere Option für das „Mädchen mit dem Hut" war François Auger. Wer ihm auf der Straße begegnete, wäre nicht im Traum auf die Idee gekommen, es mit einem Millionär, ja Milliardär zu tun zu haben. Auger legte keinen besonderen Wert auf sein Äußeres, seine Bekleidung. Weder trug er eine teure Uhr noch teure Schuhe, er war eher klein, ein weißer Haarkranz begrenzte eine braun gebrannte Glatze. Meist pflegte er verschmitzt zu lächeln, als hätte er eben etwas ungeheuer Erheiterndes entdeckt, das er allerdings für sich zu behalten gedenke. Dabei hatte sein Verhalten überhaupt nichts Arrogantes – er schien ein freundlicher, offener, lebensbejahender Mensch zu sein, den aus der Ruhe zu bringen völlig unmöglich war.

Auger war 1949 in Roubaix geboren worden. Nach Abschluss eines Ingenieurstudiums trat er 1971 in das auf Immobilien spezialisierte väterliche Unternehmen ein. Seinen außergewöhnlichen Reichtum begründete er mit dem Bau von Ferienwohnungen an der Côte d'Azur. Als 1981 Mitterrand an die Macht kam, ging Auger nach Amerika, wo er seinen Erfolg mit Ferienwohnungen in Florida nahtlos fortsetzte. Zurück in Europa, nun schon als sehr reicher Mann, begann er, angeschlagene Textilunternehmen aufzukaufen, zu sanieren und einen großen Teil wieder zu verkaufen.

Er spezialisierte sich auf Luxusmarken und erwarb die Mehrheit bei einer Reihe weltbekannter Firmen, auch im Spirituosen- und Parfümbereich. Bald war er Präsident eines beeindruckenden Firmenimperiums und einer der reichsten Männer der Welt. Er stand im Ruf, ein unfehlbares Gespür in allen Geldangelegenheiten zu haben – ein moderner König Midas. Und er war ein besessener Sammler. Zwar hatte er bisher nur ein einziges Mal Interesse für ein Werk der österreichischen Klassischen Moderne erkennen lassen, aber die Art und Weise, wie er dabei vorgegangen war, ließ es als durchaus wahrscheinlich erscheinen, dass er sich auch beim „Mädchen“ engagieren könnte.

Als nämlich vor ein paar Jahren zwei Ölgemälde von Gustav Klimt aus dem Belvedere an zwei ältere Damen restituiert wurden, dauerte es nicht lange, bis ihnen mehrere Auktionshäuser die Türen einrannten und, mit immer attraktiveren Konditionen, die zum Verkauf stehende Landschaft für sich zu sichern versuchten. Das zweite Gemälde, ein außerordentlich sinnliches Frauenporträt, stand nicht zum Verkauf.

Mitten in diese Verhandlungen platzte Auger hinein und bekundete sein Interesse für das Porträt. Es sei unverkäuflich, wurde er beschieden. Er bot 300 Millionen Schilling. Bar. Auf die Hand. Sofort. Man sei sich, hieß es später, innerhalb von Minuten handelseins geworden.

Sie alle – und noch einige andere, die erst durch den Katalog, durch Inserate, durch das Internet und Artikel in Kunstzeitschriften auf die Auktion aufmerksam werden würden – sollten das „Mädchen mit dem Hut“ wohl nicht einfach ignorieren können. Mit jedem Tag, mit dem die Auktion näher rückte, würde der Wunsch, das Bild zu besitzen, stärker werden.

Natürlich würde keiner der Interessenten das je zugeben. Zum Spiel gehörte, dass jeder, der mit dem „Mädchen“ in Verbindung gebracht wurde, sich eher gelassen, eher distanziert, ja geradezu desinteressiert zu geben hatte. Aber das änderte nichts daran, dass sie alle es haben wollten. Jeder ernsthafte Sammler Klassischer Moderne auf der Welt wollte es haben – aber nur einer würde es tatsächlich bekommen.

DIE AUKTION

Praktisch jeder, der in der heimischen Kunstszene etwas zu sagen hatte – und auch viele derer, die eigentlich nichts zu sagen hatten –, äußerte sich zum Verkauf des „Mädchens". Die Meinungen hätten unterschiedlicher nicht sein können. Es gab Kommentare, die den Anspruch Desirée Rosenbergs in Zweifel zogen, und Kommentare, die die Rückstellung als überfällig begrüßten, weil man sich jetzt als Österreicher im Ausland nicht mehr so schämen müsse. Es gab Stellungnahmen, die sich kritisch mit der gesamten Restitutionsproblematik auseinandersetzten, und solche, die sich auf eine Einschätzung beschränkten, was denn das Bild wirklich wert sei. Hier wieder gab es Ansichten, sieben bis zehn Millionen Euro seien ein Spottpreis für den Schiele, und Ansichten, diese grottenschlechte Malerei eines Pornografen sei damit krass überbewertet. Die einen ereiferten sich über juristische Volten, mit denen man heute alles erreichen könne, die anderen über die Ahnungslosigkeit der Behörden, die noch immer nicht begreife, was da für ewige Zeiten ans Ausland zu gehen drohe.

Wer jetzt noch immer nicht zu Wort gekommen war, machte sich an das Schreiben von Leserbriefen. Leute, die das „Mädchen mit dem Hut" vermutlich noch nie im Original gesehen hatten, erregten sich ob des schnöden Ausverkaufs unersetzlichen heimischen Kulturgutes. Die Direktoren der großen Museen erkannten die Gunst der Stunde, alle Aufmerksamkeit auf sich zu ziehen, und beklagten lautstark, dass ihre Ankaufsbudgets durch das seit Jahren praktizierte Einfrieren der zugewiesenen Mittel schon lange nicht mehr für Ankäufe ausreichten und sie damit daran gehindert würden, ihre bedeutenden Sammlungsbestände zu ergänzen und auszubauen. Gäbe es nur die einst versprochenen Mittel, könnte in

einer gemeinsamen Kraftanstrengung versucht werden, das „Mädchen“ zu ersteigern. Aber ganz offenbar sei den Politikern die Kunst nur in ihren Sonntagsreden ein Anliegen.

Abgeordnete der Opposition richteten an die Unterrichtsministerin die Dringliche Anfrage, welche konkreten Schritte sie bisher unternommen habe, um das Gemälde „Mädchen mit violettem Hut“ für Österreich zu erhalten, und mit wem und mit welchem Ziel über eine Finanzierung des Ankaufs verhandelt werde. Es war freilich absehbar, dass es zu einer Beantwortung dieser Dringlichen Anfrage erst nach der Auktion kommen würde.

Eine „Österreich-Stiftung“ konstituierte sich, die mit Unterstützung einer Tageszeitung Geld für den Rückkauf des „Mädchens“ zu sammeln begann, so wie das vor vielen Jahren in der Schweiz im Zusammenhang mit mehreren Picasso-Gemälden gelungen war. Leider äußerten sich die Stiftungsverantwortlichen über alles, nur nicht über den aktuellen Kontostand. Sie behaupteten aber, mit Sponsoren, Banken, Versicherungen und großen Firmen in Kontakt zu stehen und gemeinsam an Strategien zu feilen, um das Gemälde zu erwerben.

Das Historische Museum der Stadt Tulln bemühte sich verzweifelt, den Stall zu retten, nachdem die Kuh längst daraus fortgetrieben worden war; es traf allerdings im Land aber nur auf taube Ohren. Der Landeshauptmann von Niederösterreich, ein Mann, der für seine polternden Auftritte ebenso bekannt war wie für sein untrügliches Gespür für die Intentionen des sogenannten „kleinen Mannes“, hatte dereinst voller Stolz erklärt, in seinem ganzen Leben nur ein einziges Buch gelesen zu haben, und das sei die Bibel gewesen. Nun erklärte er mit bedeutungsschwerer Stimme, in Zeiten der Krise sei es der Bevölkerung nicht zuzumuten, Geld für etwas anderes als für die Erhaltung der Arbeitsplätze auszugeben.

Ungeachtet all dieser Querelen rückte der Auktionstermin immer näher. Die Platzreservierungswünsche im Hildebrandt nahmen beängstigende Ausmaße an. Die Geschäftsführung entschloss sich, die Auktion parallel in zwei Sälen durchzuführen. Der zur Verfügung stehende Auktionssaal würde dem erwarteten Ansturm jedenfalls nicht standhalten können. In einem zweiten Saal, eigentlich einem großen Festzelt im Innenhof des Palais, sollten Interessenten die Auktion nicht nur auf einem Großbildschirm verfolgen, sondern mittels eines zweiten Auktionators auch bieten können. Es sollte sich als besonders schwierig erweisen, Verständnis bei jenen Kunden zu finden, die dort platziert wurden. Bei der Auktion entwickelte sich dann eine leidenschaftliche Konkurrenz zwischen den beiden Sälen: Jedes Gebot aus dem zweiten Saal wurde von Jubel begleitet, weil man es „denen da oben" wieder einmal gezeigt hatte.

Fünf Minuten vor der Auktion brodelte der Auktionssaal von Gerüchten, flüsternd ausgetauschten Prophezeiungen, zur Schau gestellter Gelassenheit, heftigem Winken, um einen Bekannten auf sich aufmerksam zu machen, wütenden Stimmen, wenn jemand einen bestimmten Platz für sich reklamierte und diesen besetzt fand, Protesten derer, die trotz der Einteilung in den Zweiten Saal im Hauptsaal Einlass finden wollten, hastig ausgefüllten Bieterformularen und letzten Telefonaten am Handy.

Auch die Mitarbeiter des Auktionshauses Hildebrandt blieben von der allgemeinen Hektik nicht unberührt. Ihre dunklen Anzüge und schwarzen Cocktailkleider trugen sie wie Rüstungen, um sich nach außen hin nicht anmerken zu lassen, dass auch ihre Herzen wie verrückt schlugen, ihre Mägen zu rebellieren drohten, ihnen Schweiß ausbrach.

Der Auktionator Michael Ruschek erlitt wie immer vor einem großen Auftritt einen Anfall von akutem Lampenfieber; er malte sich das Scheitern der Auktion in den schwärzesten Farben aus. Obwohl er von sich behauptete, nicht abergläubisch zu sein, lehnte er es ab, auch nur einen Blick auf den Schiele-Rufzettel, wo die neu eingelangten Kaufaufträge und Mitbietwünsche am Telefon registriert wurden, zu werfen – es könnte ja Unglück bringen. Außerdem wollte er sich in seinem Katastrophenszenario nicht stören lassen, nachdem er den Rufzettel in den letzten Tagen ohnedies mindestens zwanzig Mal in einem Zustand wachsender Verzweiflung in der Hand gehalten hatte.

Jede Auktion, heißt es, ist eine „Stunde der Wahrheit". Sie ist ein Drama, dessen Drehbuch erst während des Geschehens geschrieben wird. Niemand, niemand kennt den Ausgang. Alle Vorhersagen erweisen sich als obsolet, sobald das Bieten beginnt. Von da an gibt es nur noch Sieg oder Niederlage. Alles oder nichts. Michael Ruschek hatte im Lauf seines Berufslebens unzählige Leute kennengelernt, die noch Jahre nach einer Auktion einer verpassten Gelegenheit nachtrauerten. Es war ihm allerdings noch nie jemand begegnet, der – jedenfalls nicht nach Jahren – über einen zu hohen Preis gejammert hätte.

Ein englischer Auktionator hatte einmal erklärt, es gebe bei der Kunst drei Arten von Preisen: hohe, sehr hohe und so verrückte, dass sie sich jedem Verständnis entzögen. Es kommt vor, dass im Auktionssaal wahre Schlachten geschlagen werden, und nicht selten werden sie von Intrigen, hinterhältigen Tricks und Lügen begleitet. Es gibt kaum einen Ort, wo die Emotionen derart unverhohlen aufeinanderprallen können. Wer je die Hand in einem Auktionssaal gehoben hat, weiß, wie sehr sich seine Wahrnehmung plötzlich verengt, wie er von einem Augenblick zum anderen nichts mehr hört, nichts mehr sieht, nichts mehr fühlt und alles ausgeblendet scheint, was jenseits des magischen Zählens des Auktionators liegt: Alles treibt auf den Höhepunkt zu, auf den finalen Schuss – selbst dann, wenn dieser „Schuss" nur in einer vermeintlich lässigen Bewegung der Bieternummer, einem knappen Winken mit der Hand, einem kurzen Nicken besteht.

Das Geschehen wogt zwischen den Saalbietern und den Telefonbietern hin und her, die Spannung steigt und löst sich und steigt wieder, die Luft ist so dick, dass man sie schneiden könnte, es ist unerträglich heiß. Fünfundzwanzig Reihen, dicht belagert von fast dreihundert Sammlern, Kunstliebhabern, Museumsleuten, Zuschauern; ganz hinten der Block der Händler, die sich auf diese Weise Übersicht über das Geschehen zu wahren versuchen.

Viele Besucher bieten nicht; sie beobachten nur, was geschieht, sie schreiben die Auktionsergebnisse mit und ziehen ihre Schlüsse daraus; sie atmen hörbar, sie rascheln mit dem Katalog, sie wenden die Köpfe nach jedem neuen Bieter und tuscheln mit den Nachbarn. Für die Stimmung im Saal sind sie unbezahlbar. Sie sind diejenigen, die die Aufregung hundertfach verstärken und in Applaus ausbrechen, wenn eine Sensation eintritt, von der sie dann oft noch Jahre später erzählen.

In den Auktionssaal hineingepfercht stehen die Tische für die Mitarbeiter des Auktionshauses, die am Telefon bietende Kunden betreuen. Englisch, Französisch, Italienisch schwirrt durch den Saal, Gebote werden fieberhaft in andere Währungen umgerechnet, alles unter enormem Zeitdruck, um noch schnell ein weiteres Gebot vor dem Mitbewerber, vor dem endgültigen Zuschlag abgeben zu können.

Auf einem Podest sitzt der Auktionator hinter seinem Pult, auf jede Bewegung achtend, in Sekundenbruchteilen entscheidend, ob hier jemand bietet oder sich nur frische Luft mit der Bieternummer zufächelt. Das rasend schnelle Steigern, wenn viele Hände Aufmerksamkeit für sich fordern, das atemlose Zuwarten vor dem Zuschlag, in dem vielleicht doch noch jemand die Hand hebt – all das gehört zum Drama Auktion. Ja, es ist die Stunde der Wahrheit, die kurze Zeitspanne, in der sich entscheidet, ob der Herr in der vierten Reihe ein Sieger oder ein Verlierer ist, ob der Markt stark ist oder schwach, ob ein Künstler in seinem Marktwert steigt oder fällt, ob das Auktionshaus einen Erfolg feiern kann oder seine Wunden lecken muss. Der Grat dazwischen ist schmal, sehr schmal.

Die Auktion am 4. Oktober 2008 begann pünktlich um 18 Uhr und war kurz vor 20 Uhr zu Ende. In dieser Zeitspanne wurden 86 Kunstobjekte ausgeboten. Die Nachfrage war außergewöhnlich gut, obwohl seit Mitte September die Nerven der Börsenmanager blank lagen und alle Welt von der Krise redete. Es gab zahlreiche spannende Bietgefechte und mehrere internationale Rekordpreise. Mehr als die Hälfte der Zuschläge ging an ausländische Bieter. Viele Bilder wurden weit jenseits der 100.000-Euro-Grenze zugeschlagen.

Als die letzte Katalognummer, Egon Schieles „Mädchen mit violettem Hut", ausgerufen wurde, war es totenstill im Saal. Der Ausrufpreis betrug 3,5 Millionen Euro. Drei Millionen fünfhunderttausend. Gesteigert wurde in Schritten von hunderttausend Euro. Nachdem ein Telefonbieter bereits bei 5,6 Millionen Euro aufgegeben hatte, stellte sich sehr schnell heraus, dass sich die Auseinandersetzung auf die zwei erwarteten Hauptkonkurrenten zuspitzen würde: Hans Weinprecht, der wohl berühmteste Sammler des Landes, saß wie immer ganz vorne im Auktionssaal. Er vermied es, sichtbar zu bieten. Lediglich ein leichtes Neigen des Kopfes oder ein kurzes Heben der Augenbrauen signalisierte, dass er noch am Ball war. Thomas Worthington bot am Telefon.

Bei 7,7 Millionen Euro änderte Weinprecht den Rhythmus der Steigerungsschritte: Per Zuruf erhöhte er auf 8 Millionen. Aber der Bieter am Telefon ließ sich nicht irritieren. Hektisch wurde zwischen Euro und Dollar hin und her gerechnet, um die aktuelle Preissituation zu vermitteln. Bei 9,2 Millionen Euro hob sich im Auktionssaal eine Hand, die bisher das Geschehen aus der Anonymität mitverfolgt und nicht eingegriffen hatte. Alle Hälse reckten sich, als der Auktionator auf den neuen Bieter verwies. Aber weder Weinprecht noch das Telefon gaben auf.

Der neue Bieter stolzierte im Mittelgang zwischen den Sitzreihen auf und ab, hob, auch wenn er mit dem Rücken zum Auktionator stand, kurz die Hand, wiederholte auf Englisch den zuletzt gebotenen Betrag, erkundigte sich immer wieder, ob dies korrekt sei – und genoss solcherart für wenige, aber in jeder Hinsicht teure Augenblicke, im Mittelpunkt des Interesses zu stehen.

Als die Gebote 10 Millionen Euro überstiegen, winkte Weinprecht ab – was ihn freilich nicht hinderte, auch bei 10,4 Millionen noch einmal sein Kaufinteresse zu signalisieren. Aber es nützte nichts: Das Telefon konterte ein weiteres Mal. Beim nächsten Bietschritt gab der zweite Saalbieter mit fuchtelnden Händen und kurzen, aufgeregten Kommentaren über die Unvernunft seiner Konkurrenten auf – sein Pouvoir (es war offensichtlich, dass er im Auftrag eines unbekannten Dritten mitsteigerte) war längst erschöpft. Bei 10,7 Millionen Euro, Weinprecht hatte ein weiteres Mal mittels Augenkontakt zu erkennen gegeben, dass er noch im Spiel war, blieb das Telefon plötzlich stumm.

Die Anspannung im Saal befand sich auf dem Siedepunkt. Hans Weinprecht forderte, der Auktionator möge endlich zuschlagen. Selbst er, der sonst stets so gelassen zu bleiben verstand, wirkte nun angegriffen und aufgeregt. Nach mehrmaligem Wiederholen des Mantras „Zum Ersten – zum Zweiten" und als definitiv klar war, dass der Telefonbieter kein weiteres Angebot abgeben würde, erfolgte der Zuschlag: „Zum Dritten! Um 10,7 Millionen Euro – an den Herrn in der ersten Reihe!"

Die Versteigerung des „Mädchens" hatte kaum mehr als fünf Minuten gedauert. Die Spannung entwich aus dem Auktionssaal wie Luft aus einem Ballon. Dann setzte tosender Applaus ein.

DAS NACHSPIEL

Den nächsten Tag, einen Sonntag, verbrachte Michael Ruschek in seinem Büro. Er wollte die Auktion analysieren, feststellen, für welche Künstler Rekordpreise erzielt worden waren, und eine Presseaussendung formulieren. Allerdings kam er dazu nicht, denn es klingelte ununterbrochen das Telefon. Journalisten aller möglichen Medien, die offenbar allesamt seine Durchwahl kannten, wollten nähere Informationen zur Auktion – und dabei interessierte sie ausschließlich das „Mädchen mit dem Hut" oder eigentlich der Preis, den das Bild erzielt hatte.

Die meisten glaubten zu wissen, dass Hans Weinprecht den Zuschlag erhalten habe, und wollten eine Bestätigung. Sie wollten aber auch Informationen über die Gegenbieter. Ruschek hielt sich bedeckt. Der neue Eigentümer des „Mädchens mit dem Hut" habe ihn noch nicht autorisiert, ihn zu nennen, und das Auktionshaus sichere allen seinen Kunden grundsätzlich Diskretion zu. Er sei aber überzeugt, dass sich der erfolgreiche Bieter in Kürze selbst an die Öffentlichkeit wenden werde.

Während in den Sonntagszeitungen nur kurze Meldungen über den Rekordpreis zu finden waren, wurde die Auktion ab Montag in den Medien ausführlich – und recht widersprüchlich – gewürdigt. Der *Neue Abendkurier* kritisierte, dass das Bild überhaupt restituiert worden sei; es habe dafür weder eine rechtliche noch sonst eine Veranlassung gegeben. Der Verfasser – jedermann wusste, dass sich unter dem Pseudonym „Protagoras" niemand anderer als Friedrich Kornberg selbst verbarg – unterstellte der Regierung Feigheit vor der „Ostküste" und Desirée Rosenberg, dass sie die Restitution aus reiner Geldgier betrieben habe. Professor Weinprecht wurde nahegelegt, das Bild wieder dem Museum in Tulln zur Verfügung zu stellen – wenn schon nicht als Schenkung, dann zumindest als Leihgabe.

Eine andere Zeitung, das *Freie Blatt,* das für sich in Anspruch nahm, eine Qualitätszeitung zu sein, behauptete unter der Headline „Krach um Schiele-Bild", dass die Hausbank Weinprechts die Finanzierung des Ankaufs des Gemäldes abgelehnt habe – weshalb der Zuschlag eigentlich gar nicht zustande gekommen sei, weil der Meistbietende ja möglicherweise nicht zu zahlen in der Lage sei. Deshalb wäre das einzig Korrekte, was das Auktionshaus in dieser Situation tun könne, den Zuschlag dem Unterbieter zu erteilen.

Eine andere Zeitung meldete exklusiv, dass in Wahrheit nicht Weinprecht, sondern Thomas Worthington der Käufer sei. Es habe sich bei der Auktion um ein abgekartetes Spiel gehandelt, um das österreichische Denkmalamt zu täuschen. Unter dem Titel „Raub der Raubkunst" wurde über Shoah-Business, die Rückgratlosigkeit der österreichischen Behörden und die Gewissenlosigkeit gewisser jüdischer Kreise schwadroniert. Worthington wurde mit einer ganzen Reihe fragwürdiger Kunstankäufe in Verbindung gebracht.

Am Donnerstag nach der Auktion teilte Hans Weinprecht den Medien mit, dass er der neue Besitzer des „Mädchens" sei, und bereitete damit allen anderslautenden Spekulationen ein Ende. Auf die Frage, wo das „Mädchen mit dem Hut" künftig zu sehen sein werde, antwortete er mit: „Bei mir zu Hause!"

Das trat eine neue, allerdings letzte, Protestwelle los. Man verglich Weinprechts sammlerische Besessenheit und seinen Egoismus mit jenem Ryoei Saitos, einem japanischen Unternehmer, der 1990 „Le moulin de la Galette" von Auguste Renoir und das „Porträt des Dr. Gachet" von Vincent van Gogh um Rekordpreise ersteigert hatte, um kurz darauf zum Entsetzen der Weltöffentlichkeit anzukündigen, er werde die beiden Bilder mit ins Grab nehmen.

Erst nach einer Woche wurden die Artikel rarer, die Anwürfe verloren an Biss. Im Grunde war alles gesagt, Neues nicht zu erfahren, und die oftmalige Wiederholung steigerte den Neuigkeitswert ja nicht wirklich. Als vier Wochen später die Spedition Trans

Art, die das „Mädchen mit dem Hut“ schon in Tulln abgeholt hatte, im Auktionshaus Hildebrandt vorfuhr, wurde das von der medialen Öffentlichkeit schon nicht mehr wahrgenommen.

DAS ENDE

Am frühen Morgen eines strahlenden, wenn auch kühlen Märztages im Jahr 1917 überquerte Julia Mrkvicka, von drei Schichten in der Kabelfabrik völlig erschöpft, die Simmeringer Hauptstraße, um noch die eben in die Station einfahrende Straßenbahn zu erreichen. Sie glaubte, ihre Geschwister an der Haltestelle entdeckt zu haben, obwohl das eigentlich unmöglich war; die „Kleinen“, wie sie sie nannte, holten sie immer erst bei der Station Lorystraße ab, so wie früher ihre Mutter.

Um die Straßenbahn nicht zu versäumen, begann Julia zu laufen. Gerade, als sie nahe genug war, um zu erkennen, dass sie sich in Bezug auf ihre Geschwister getäuscht hatte, erfasste sie ein etwas zu schnell fahrender Militärlastwagen. Julia wurde mehrere Meter mitgeschleift und starb noch an der Unfallstelle.

Nach dem Tod Gustav Klimts im Februar 1918 und einer nahezu ausverkauften Ausstellung in der Secession wurde Egon Schiele allgemein als der führende österreichische Künstler seiner Zeit anerkannt. Die Nachfrage nach seinen Bildern war innerhalb kurzer Zeit so groß, dass eine Art Warteliste für künftige Arbeiten aufgelegt werden musste. Schiele eilte von Erfolg zu Erfolg – und die Monarchie eilte ihrem Untergang entgegen.

„Ich meine, dass man sich unglaublich für neue Kunst interessiert. Niemals waren Ausstellungen so besucht wie diese“, notierte der Künstler. Gegen Ende des Ersten Weltkriegs war die Kunst ein Sammlerwert geworden, eine Ware, deren Preis durch die kriegsbedingte Inflation noch erhöht wurde. Eine der letzten Werkgruppen konzipierte Schiele für ein Mausoleum, das aus einer komplizierten Reihe miteinander verbundener Kammern bestand, die jeweils Variationen zum Thema Leben und Tod gewidmet waren. Der Zyklus wurde nie vollendet.

Ende Oktober steckte sich Edith Schiele, die eben ihr erstes Kind erwartete, an der sogenannten Spanischen Grippe an, die schließlich mehr Todesopfer fordern sollte als der gesamte Weltkrieg. Am 27. Oktober zeichnete der Künstler zum letzten Mal das vom Fieber verzehrte Gesicht seiner Frau. Anton Peschka, der zu Egon Schiele eilte und ihn damit zu trösten versuchte, dass der Krieg bald vorbei sein werde, fand den Künstler bereits vom Tod gezeichnet, zwischen Dämmer- und Wachzuständen, vor. Am 31. Oktober 1918 starb auch Egon Schiele. Er wurde nur 28 Jahre alt.

Emanuel Neumann war exakt doppelt so alt wie Egon Schiele, als er in Auschwitz ermordet wurde. Seine Frau Irina überlebte ihn wiederum um die Lebensspanne des Künstlers. Sie wurde 84. Sie erhielt die Buchhandlung in der Kärntnerstraße zurück, schaffte es aber nicht, sie in altem Glanz wiedererstehen zu lassen. Sie hatte Auschwitz überlebt, war aber derart traumatisiert, dass sie zur Führung des Geschäfts nicht mehr in der Lage war. Sie stand zwischen den Bücherregalen, überzeugt, jeder, der in die Buchhandlung käme, tue das nur, um sie zu bestehlen. Sie scheute sich nicht, das den Kunden auch ins Gesicht zu sagen. In ihrem Misstrauen weigerte sie sich, Rechnungen zu begleichen. Das hatte unvermeidlich Klagen, Prozesse, Exekutionen zur Folge. Sie musste die Buchhandlung schließlich verkaufen. Bis zu ihrem Tod tauchte nicht ein einziges der Bilder auf, die ihr Mann bis 1938 gesammelt hatte.

Arthur Rosenberg starb 1955 in New York. Nach seiner Rückkehr aus Wien war er nur noch ein Schatten seiner selbst; er hatte jede Lebenslust verloren. Leute, die ihn vor dem Krieg gekannt und bewundert hatten, hätten ihn wahrscheinlich gar nicht wiedererkannt. Er, der immer so großes Augenmerk auf sein Aussehen, sein Auftreten, seine elegante Erscheinung gelegt hatte, vernachlässigte sich nun. Manchmal saß er den ganzen Tag am offenen Fenster seiner Wohnung in der 83th Street East, ungewaschen, unrasiert, und blickte hinaus auf den West Channel. Er schien den Straßenlärm nicht zu hören. Er schien nicht wahrzunehmen, welche Jahreszeit gerade war. Manchmal, wenn Desirée kam, um nach ihm zu sehen, fand sie die ganze Wohnung ausgekühlt und ihren Vater halb erfroren. Sie erfuhr nie, jedenfalls nicht von ihm, was sich in Wien zugetragen hatte. Er erzählte ihr nichts. Er holte auch nie die 2.000 Dollar ab, die ihm aufgrund der von seinem Anwalt geschlossenen Vereinbarung zustanden.

Franz Raffreider starb 1986 an einem Herzinfarkt. Nach seiner Pensionierung als Direktor des Giselaspitals engagierte er sich für die Politik einer rechtsradikalen Partei und zog in die Bezirksvertretung der Innenstadt ein. Öffentliche Aufmerksamkeit erzielte er mit Patrouillen durch das nächtliche Wien. In der Karlsplatz-Passage erklärte er Journalisten, woran sie erkennen könnten, dass die dort befindlichen Schwarzen Drogendealer seien.

Er präsentierte sich gerne als einer, der sich nie ein Blatt vor den Mund nahm. Unermüdlich warnte er vor dem Kommunismus, liberalen Ideen (was für ihn im Grunde dasselbe war), dem Diktat der „Ostküste", vor „Überfremdung" und den sozialen Auswüchsen der Demokratie, die die Menschen verweichlichen und entmündigen würden. Ständig erzählte er den Leuten, er komme sich vor wie ein Mahner in der Wüste, aber schon bald würde sich, wovor er warne, als schreckliche Wahrheit erweisen.

Als Jörg Haider beim Innsbrucker Parteitag am 13. September 1986 zum Parteiobmann der FPÖ gewählt wurde, schöpfte er neue Hoffnung. Da war endlich einer, der auszusprechen wagte, was er, Franz Raffreider, schon seit eh und je gesagt hatte. Aufgeregt folgte er dem mitternächtlichen Fernsehbericht, bei dem „der Jörg" von seinen Fans unter Heil-Rufen geschultert wurde. Diese Begeisterung war für das angeknackste Herz von Raffreider zu viel.

Das Historische Museum der Stadt Tulln stellte nach dem Verlust des „Mädchens mit violettem Hut" seine intensive Werbung in Wien ein. Statt des Gemäldes wurde an der Stelle, wo bisher das Original präsentiert worden war, eine Reproduktion angebracht. In einem Begleittext lobte sich die Museumsleitung, das Bild, das sich jahrzehntelang hier befunden habe, den Erben des früheren Eigentümers aus „Verantwortung gegenüber der wechselvollen Geschichte unserer Heimat" zurückgegeben zu haben. Diesen Text lasen freilich nur wenige Leute. Kaum jemand verirrte sich noch in das Museum. Die Bilder des frühen Schiele und die Ausgrabungen aus den Äckern der Umgebung genügten als Attraktion einfach nicht.

Im Auktionshaus im Palais Hildebrandt veranstaltete man für das „Mädchen mit dem Hut" eine Abschiedsparty. Eingeladen waren Mitarbeiter, Kunden, Künstler, Museumsdirektoren und natürlich die Presse. 10,7 Millionen Euro waren der höchste Betrag, der je in Österreich bei einer Auktion geboten worden war. Das Bild hing noch genau an der Stelle im Auktionssaal, wo es sich auch bei der Vorbesichtigung befunden hatte. Alle anderen Bilder der Auktion waren längst abgehängt worden.

Desirée Rosenberg, Heinrich Partenstein und Sybille Lohinger, die ebenfalls eingeladen waren, sagten ab. Michael Ruschek traf sich mit ihnen zu einem Abendessen in einem kleinen Innenstadtlokal. Noch war der Kaufpreis nicht überwiesen, aber Desirée Rosenberg hatte bereits entschieden, was mit dem Geld geschehen solle. Sie wollte ein Drittel einem Waisenhaus zur Verfügung stellen, in dem israelische und palästinensische Kinder gleichermaßen Aufnahme fanden. Ein Drittel würde sie in eine Stiftung einbringen, die einen Lehrstuhl für Fotografie an der Universität für angewandte Kunst in Wien finanzieren sollte. Ein Drittel überließ sie ihren Freunden.

Heinrich Partenstein und Sybille Lohinger hatten das zuerst entrüstet abgelehnt, dann aber doch ja gesagt. Heinrich Partenstein war von der Idee der Freundin seiner Frau so angetan, dass auch er eine

Stiftung ins Leben rufen wollte. Die „Oskar Partenstein Foundation“ würde den Bau und Erhalt eines Partenstein-Museums finanzieren, wo das Leben seines Bruders und die Anfänge der digitalen Kunst wissenschaftlich aufgearbeitet werden sollten.

Das „Mädchen mit violettem Hut“ wurde am 31. Oktober 2008 an Hans Weinprecht geliefert. Über dem Eingangstor seiner Villa in Hietzing hatte er ein Transparent mit den Worten „Ein Willkommen dem Mädchen“ spannen lassen. Er übernahm das Gemälde Arm in Arm mit seiner Frau. Die Mitarbeiter der Spedition erboten sich, das Bild an dem Platz aufzuhängen, wo es letztlich bleiben solle, doch Weinprecht lehnte ab. Er werde die Gelegenheit nützen, das Gemälde bei Tageslicht ganz genau auf allfällige Beschädigungen zu untersuchen.

Als die Mitarbeiter der Spedition die Villa verließen, saß Hans Weinprecht in seinem Garten im hellen Sonnenlicht und begann, das „Mädchen“ im Arm haltend, es vorsichtig vom Schmutz der Zeit zu reinigen. Auf die Entfernung sah es aus, als tausche er mit ihm Zärtlichkeiten aus.

Später hängte er das Bild hinter seinem Schreibtisch in einem Raum auf, den er Erkerzimmer nannte. Da das Erkerzimmer an drei Seiten Fenster aufwies, stellte er seinen Schreibtisch vor das nördliche Fenster, um das „Mädchen mit dem Hut“ stets im Blick zu haben. Wenn Besucher kamen, fiel ihr Blick sofort auf das Gemälde. Wo immer die Besucher aber auch standen, das „Mädchen“ schaute sie nicht an. Es blickte an ihnen vorbei. Es blickte auf einen Punkt, der sich nicht festmachen ließ. Nicht wenige Besucher fanden dies höchst irritierend.

DANKSAGUNG

Die Geschichte des „Mädchens mit violettem Hut" ist frei erfunden. Egon Schiele hat nie ein Bild dieses Titels gemalt. Und deshalb ist natürlich „Julia Mrkvicka" nie dafür Modell gesessen; und deshalb konnte „Emanuel Neumann" das Gemälde auch nicht vom Künstler erwerben und später an „Arthur Rosenberg" verkaufen. Und da es das Bildnis nicht gegeben hat, wurde es auch nie von „Franz Raffreider" in Besitz genommen, später „arisiert" und dem „Historischen Museum der Stadt Tulln" übergeben – das es im Übrigen gar nicht gibt.

Aber: Die Geschichte des „Mädchens" mag zwar frei erfunden sein – wahr ist sie dennoch! Denn alle dem Buch zugrunde liegenden historischen Fakten und auch alle Biografien sind real – wenn auch bezüglich der Namen völlig und bezüglich der Lebensdaten ein wenig verändert: aber nichtsdestoweniger wahr!

„Julia Mrkvicka" hat also tatsächlich gelebt und in einer Fabrik unter Bedingungen gearbeitet, die wir uns heute gar nicht mehr vorstellen können. Auch „Arthur Rosenberg" ist keine Erfindung. Zugegeben, bei ihm musste ich ein wenig stärker eingreifen, weil sein Lebensweg so kompliziert war, dass er den Rahmen dieses kleinen Buches gesprengt hätte. Auch „Franz Raffreider" hat es gegeben. Erfunden ist nur sein Tod am Tag des Parteitags der FPÖ 1986. Er hatte ein angenehmes, erfülltes Leben, und in den letzten Jahrzehnten fand niemand je etwas dabei, dass er für seine Verbrechen nicht zur Verantwortung gezogen wurde.

„Desirée Rosenberg", „Heinrich Partenstein" und „Sybille Lohinger" habe ich persönlich kennengelernt. „Desirée Rosenberg" ruft mich zuweilen an, wenn sie eine Reise nach Europa führt – sie ist nach wie vor eine unglaublich vitale Dame, deren Neugier auf das

Leben nie nachgelassen hat und, so hoffe ich, auch nie nachlassen wird. Dass sie sich wieder mit „Wien“ versöhnt hat, schreibe ich auch ein wenig auf meine Fahnen.

„Sybille Lohinger“ ist leider kürzlich verstorben – ich hätte sie gerne noch so vieles über die Zeit gefragt, die ich selbst nicht erlebt habe, die aber auch auf mein Leben Tag für Tag Auswirkungen hat. Wenige Monate vor ihrem Tod hat sie das Internet für sich entdeckt. Und wenn wir miteinander telefonierten, erzählte sie, die in den letzten Jahren gesundheitsbedingt kaum mehr aus dem Haus gekommen war, sie habe leider nur wenig Zeit, heute sei ein Besuch im Louvre geplant.

„Heinrich Partenstein“ geht es gut. Von Zeit zu Zeit sitzen wir beisammen und reden über Kunst. Er war es auch, der mir einen Katalog der Bilder von „Frantisek Kaprisky“ brachte; es ist erstaunlich, dass „Kaprisky“ als Künstler völlig unbekannt geblieben ist. Meine Recherchen, die, seit es Auktionsdatenbanken gibt, viel einfacher geworden sind, haben nicht ein einziges Bild von ihm zutage gebracht.

Die Namen der handelnden Personen des Bundesdenkmalamtes, des Tullner Museums und des Unterrichtsministeriums habe ich frei erfunden – ihr Verhalten indessen leider nicht. Es ist tausendfach so oder ähnlich dokumentiert.

Herauszufinden, wer sich hinter „Michael Ruschek“ und dem „Auktionshaus im Palais Hildebrandt“ verbirgt, überlasse ich der Fantasie der Leser. Aber ich gestehe gerne zu, dass die Auktion des Gemäldes nicht nur reine Fiktion war, sondern die Summe dessen, was ich als Auktionator erlebt habe – und noch gerne erleben würde.

Ob Sie die Bieter dieser Auktion für real oder erfunden halten, möchte ich Ihnen überlassen – wie hat es Heinich Böll in seinem Roman „Die verlorene Ehre der Katharina Blum“ so treffend ausgedrückt: Ähnlichkeiten mit lebenden Personen sind weder beabsichtigt noch zufällig.

Ein Buch zu schreiben ist immer eine Gratwanderung. Die besondere Gratwanderung beim „Mädchen mit dem Hut“ bestand darin, in jedem Einzelfall zu entscheiden, historisch gesicherte Daten und Namen exakt als solche zu benennen oder – zum Schutz realer Personen – Namen und Biografien zu verändern.

Bei dieser Gratwanderung hat mir mit seinem Rat ganz besonders mein Partner im Auktionshaus im Kinsky, Ernst Ploil, geholfen. Ohne ihn wäre ich in mehr als eine Falle getappt – danke!

Wie schon bei meinem letzten Buch hat sich mein Sohn Oliver kritisch mit dem Text auseinandergesetzt. Es gibt kaum einen Menschen, der mir so wichtig ist wie er. Deshalb tut Kritik von ihm zwar besonders weh, wirkt aber auch besonders stark.

Bedanken möchte ich mich ganz herzlich auch bei Peter Turrini: Er hat dem Text den einen oder anderen „Literaturkitsch" (zu dem ich leider neige) ausgetrieben. Hätte ich mir alle seine Einwände während eines langen Telefonats gemerkt, wäre das „Mädchen mit dem Hut" ein viel besseres Buch geworden.

Nicht zuletzt bedanke ich mich bei Ursula Wimmesberger, von der die Covergestaltung und die Illustrationen stammen. Ursula Wimmesberger hat eine Zeit lang im Auktionshaus im Kinsky als Expertenassistentin gearbeitet. Dass wir danach den Kontakt nicht verloren haben, ist ein Glück.

Otto Hans Ressler
Im Sommer 2009

OTTO HANS RESSLER

DER WERT DER KUNST

Warum nennen wir einen Gegenstand „Kunstwerk" und einen anderen nicht? Was ist Kunst überhaupt? Wozu brauchen wir sie? Worin besteht ihre Funktion? Wie erklärt sich das große Interesse, das sie findet? Wie die hohe Wertschätzung, die sie in vielen Kulturen genießt? Und wie die tiefe Abneigung, die ihr andererseits von so vielen Menschen entgegenschlägt? Warum sind Sammler bereit, unglaublich hohe Preise dafür zu zahlen? Und warum wird Kunst so häufig unter großen persönlichen Entbehrungen produziert? Wie kommt es, dass die einen von ihr fasziniert sind, während sich die anderen bloß provoziert fühlen? Kann es so etwas wie eine allgemein gültige Bedeutung der Kunst überhaupt geben? Mit einem Wort: Welchen Wert hat Kunst für jeden von uns? Komplizierte Dinge – die Fragen nach dem Sinn, dem Wert, der Funktion der Kunst – einfach zu sagen, ist ein Anspruch dieses Buches. Es geht auch um eine Einladung zu einem Vergnügen. Zum Vergnügen, in ein Museum zu gehen, in eine Ausstellung, auf eine Auktion – und selbst zum Betrachter zu werden.

2007. 248 S. GB. 155 X 23.5 MM.
978-3-205-77669-7